因为有你在，

我才不觉得孤独。

每个人都有不能说的秘密。

小夜子的秘密

［日］村上雅郁　著

［日］柏井　绘　韩丽红　译

湖南文艺出版社
HUNAN LITERATURE AND ART PUBLISHING HOUSE

小博集
BOOKY KIDS

目 录
Contents

I

第一章
....
转校生串珠辫女孩

嘀嘀、嘀嘀、嘀嘀。

正在半梦半醒间徘徊的我，被闹钟惊醒。

我把被子蒙到头上，试图阻挡闹钟冷冰冰的电子音。

让我再睡一会儿！不是暑假吗？反正老爸和老妈上班去了，没人会说我！

我钻进被窝，蒙住耳朵，打算睡个回笼觉。

嘀嘀、嘀嘀、嘀嘀。

吵死了！真是没完没了！我要再睡会儿，继续做那个模模糊糊、似乎很美的梦，像贝壳躺在碧绿的清澈湖底，安静地睡着……

嘀嘀、嘀嘀、嘀嘀。

突然，闹钟停了，有个东西跳到了被子上。

"喂，小夜子，起床喽！"

我有气无力地说："好烦啊，不要管我，我要睡个懒觉。"

"再睡就要迟到了！"

"现在可是假期！"

一声叹息声后，对方无奈地说道："今天以前确实是假期，从今天开始就是第二学期了！"

第二学期。这个词就像一块巨石一样压在我的胃上，让我无力抵抗。

"迟到也无所谓，反正我迟不迟到也没人在意。"

"这样啊，这个想法很特别。"对方微微一笑，"但是你不吃点儿东西吗？如果吃了东西还困的话可以再睡。"

"嗯……"

我从被窝里探出头，一只全身毛发乌黑的猫咪正看着我，眼睛里闪着碧绿色的光。

"我要饿瘪了，你呢？"

听他这么说，我似乎也有点儿饿了，于是磨磨蹭蹭地从被窝里爬起来，揉着惺忪的睡眼走向客厅。

我看了眼厨房的冰箱，里面放着芝士番茄三明治。妈妈无论工作多忙，每天都会给我准备好早餐。

猫咪蹲在椅子上，看了眼盘子里的三明治。

"三明治呀，可是我想喝汤，像菠菜汤那种……"

真麻烦！我瞪了他一眼，他夸张地吐了吐舌头。

我从餐柜里拿出一杯速食汤，打开盖子倒入开水，用勺子搅了搅，然后舀一勺倒入一个小碟端给他，又把三明治两边的芝士撕一小份分给他。

我在餐桌旁坐下，开始吃早餐。一人一猫，安静如常。

磨磨蹭蹭地吃完三明治，喝完汤，我也彻底清醒了。这时也不可能再回去睡觉了，我叹息一声，准备去洗手间洗漱。

镜子里的女孩一脸不高兴的样子，纤细的眉毛下，眼睛像猫咪一样，瞳孔的颜色很深，尖溜溜的鼻子，八字形的嘴巴，苍白的肤色，以及对这个年龄来说略显矮小的身材。

我久久地注视着镜中的女孩。这时，黑猫跳到了洗手台上。

"怎么了？又不是千年大美女，有什么好看的。"

"我只是确认一下我有没有变成虫子之类的怪物，否则岂不是不能去学校了。"

"你再这样盯着镜子看，说不准你真会发生什么怪事呢！"

"好啦好啦，你让开，我要洗脸了。还有，让你失望了，我好好的，什么变化也没有。"

我用冷水洗了脸，刷了牙，又用梳子仔细地梳了梳长发。

我的头发很柔顺，比较好梳。

黑猫也在旁边梳着他的毛。他不时地舔舔自己的前爪，又用前爪梳洗脸上的毛。

我一边侧头看着黑猫，一边把自己的头发一分为二，分别编成麻花辫，最后用皮筋绑住。

之后我回到卧室，脱下睡衣，换上白衬衫和黑色马甲裙。我收拾好书包，走到客厅的时候，黑猫正站在窗边向外眺望。

"你看到鸟了吗?"

"啊?"他继续眺望着窗外，只是耳朵灵敏地朝向我这边，"我总有种不好的预感。"

"不好的预感?"

"我的胡须总有种麻酥酥的感觉。"

"是花粉过敏吧?"

黑猫没有理会我的玩笑话，一直凝视着虚空。

"别大惊小怪了，能有什么事，我去上学了。"

"你不会迟到吧?"

"咱们吃饭的时候估计就已经迟到了。"

终于，黑猫把头转了过来，我朝他耸耸肩，抿嘴笑了笑。

我在玄关换好鞋，打开门，黑猫也精神抖擞地从窗户跳了出去。

"我出门了!"我回头对着屋内说道。

屋里空无一人,只有回声过后的一片寂静。

○

"妈妈!你快点儿!"

"知道了,你别这么急吼吼的。"

"转学第一天就迟到,你觉得这像话吗?"

"时间还早,我马上就好了。"

我在妈妈的房间门口焦急地走来走去。

"快点儿啦,别打扮了。"

"你一个人能去学校吗?"

"你在说什么?之前不是去过一次嘛,怎么走倒是记得。"

"那要不你先去?我再收拾一下。"

"啊?你说真的?不——好吧,那我先走了。"

"记得和姥姥、姥爷打声招呼再走!"

"知道了!"

真是的,打扮了这么长时间!我可不等你了。为了今天我可是做足了准备。能不能更好地适应新学校,第一天的表现很关键。

我下了楼，看到姥爷正坐在沙发上看报纸。

"姥爷！我妈太磨蹭了，我先出门了！"

姥爷把目光从报纸上移开，慢悠悠地对我说："明来啊，你一个人可以吗？"

"可以，可以，完全没问题！"我大声回道，然后走向玄关。

我换好鞋，在穿衣镜前站好。镜子里的女孩穿着 T 恤和短裤，一副男孩的打扮。及肩的秀发上随意地扎着几个小麻花辫，辫子上装饰着各色串珠，刘海也沿着脸颊编成了小辫，非常好看。眼尾上扬的桃花眼看起来很活泼，瞳色是明显的棕色。

我扬起嘴角，把自己调到友好模式。

嗯，我可以，一切都会顺利。我朝着镜子吐吐舌头，然后打开门，飞奔出屋子。

院子里，姥姥正在给花坛里的花浇水，看到我出来后，脸上笑开了花。

"明来啊，要去上学啦，你妈呢？"

"她太慢了，我先出门了，我之前去过一次学校，姥姥您别担心。"

"路上要注意车啊！"

"知道啦，那我走了！"

伴随着身后姥姥的叮咛声，我走出大门。

虽已进入九月份，天气依然炎热，这就是所谓的残暑吧。我喜欢夏天，也不讨厌暑热。路上寒蝉在低鸣，与之前住在城市里的感觉不同，这边有山和杂树林，绿意更浓，感觉更舒适。

我哼着歌，路上时不时地能看到比我小的学生背着书包去上学。没准和我是一个学校呢？那不就是我的学弟学妹了吗？但是，我作为转校生，严格来说，人家才是我的前辈。好尴尬呀！

走到学校大概需要三十分钟。和妈妈搬到姥爷这边，也就是妈妈老家这件事，其实一开始我很难接受。那岂不是要住在整个学区的边缘地带？我之前住的公寓到学校只需要步行五分钟，以后上学要累死了。但今天实地走了走，发现没之前想得那么糟，感觉就是稍微多走一段野餐的路程罢了。

学校对面的大型公寓楼前有一个公园，我看到小学生们正聚在那里，应该是在等其他同学一起去学校吧。我要不要也凑上去？可是那些学生看起来都是低年级的，大的看起来也就三四年级。我内心正犹豫，突然看到公园门口走过来一个女孩，她瞥了眼那群打打闹闹的学生后，一脸冷漠地走了过去。又粗又长的麻花辫垂落在胸前，是个看起来酷酷的女孩。

我的直觉告诉我，这个女生一定是六年级的，和我一般大，说不准和我一个班呢，我要不要打个招呼？

我追上去在她身后喊道："早上好！"

女生似乎一点儿都不吃惊，回头看了我一眼。哇，好可爱的女生！大大的眼睛目不转睛地看着我，尤其是发型，哇哦，令人眼前一亮。

"你是?"女生问我。

"啊，我是刚搬到这边的转校生。"

"嗯。"

嗯？她面无表情。好歹对我有点儿兴趣啊。

"你是六年级的吗？是的话咱们就是同级，好开心哟！"

"嗯。"

"哇，太好啦！我叫三桥明来，说不定我们还是一个班的呢，请多指教！"

我伸出手打算和她握手，女生瞥了眼后直接转身离开。

什么啊，难道是害羞了？我伸出去的手不知所措地悬在空中。我赶紧收回手，快步追在女生后面。

☽

黑猫在墙头上悠闲地漫步，还朝我调侃道：

"你有没有一种被什么盯上的感觉？"

唉，我也有同感。今天从一大早开始心情就糟透了。一个梳着刘海辫、自称是转校生的丫头在我的耳边叽叽喳喳个没完，视野边缘晃来晃去的串珠更是让人心烦意乱。

"唉，不知道我能不能适应新学校，早上我紧张地只吃了两碗饭。我妈更过分，一早就开始打扮个没完，我只好先出门了。甘绳小学怎么样，有没有长得帅的男生？"

我尽量目视前方，自顾自地往前走，一副和旁边喋喋不休的女生没任何关系的样子。

怎么办啊？这家伙没完没了。要不要告诉她，和我走太近对她没任何好处？

"她可真能说，像机关枪一样突突个不停。"黑猫由衷地佩服道。

太对了，我感觉自己都快被突突成马蜂窝了。她再这样嗡嗡个没完，我就要窒息了。

"你是住在刚才那边的公寓吗？我住在姥爷家，就在不远处。我爸妈离婚了，所以我跟着我妈搬到了她的老家。"

离婚？我瞥了眼女生，她似乎毫不在意和别人说起这个事，继续自言自语。

"我现在和姥姥、姥爷、老妈住在一起。姥爷家的房子很大。"

够了，我可没问你这些。

"唉，说起来这边离学校远多了，每天都得走不少路。不过多走走身材也会好的吧。对了，要不明天咱们一起去学校吧？"

我并不想。

"哎！你说句话啊，咋都是我一个人在说？"

什么咋不咋的，这是哪里的方言？

"哦，难道这就是常说的被无视、被欺负？哇，我被欺负了吧，好久没有这种感觉了。你好歹告诉我你的名字吧。"

"喂！"她继续追问道。

我停下脚步，看向她。

"哎嘿！"她边说边停了下来。

什么乱七八糟的，我叹了一口气，对她说：

"和我走太近并不是件好事！"

她听后，桃花眼睁得老大。

"我在班里一个朋友都没有，也没有一个同学会帮我说话。你以前的班里有没有这样的人，总是一个人在角落里默默地读书，完全不和其他同学说话。我就是那种人。"

"这么说自己不难过吗？"脚边传来黑猫的声音。我用脚轻轻地踩了踩他的尾巴，马上传来一声惨叫。

"所以你现在冒冒失失地和我走近，以后会有很多麻烦。等你去了新班级，了解好了再决定交什么朋友。我看你性格开朗，善于交际，应该很容易交到朋友。"说完，我继续往前走。

串珠辫好像愣在了原地。

脚边传来黑猫咯咯的笑声。

又怎么了？

"没有，没有，看不出你原来还是个老好人。"

并没有。我只是心情郁闷，把人委婉地拒绝了而已。

"你似乎并没有成功。"

嗯？我低头看向黑猫，然后听到后面传来了脚步声。

"喂！"

一阵无力感向我袭来。黑猫转着圆溜溜的眼睛，一副看好戏的样子。

"还有什么事？"

"你刚才说你在学校里一个朋友也没有是吧？"她的眼里

泛着亮光，向我确认道。

"是说过。"

"哇，太棒了！"她高兴地举起双手又蹦又跳，细细的麻花辫也跟着上下飞舞。

"很棒？"

"对啊，因为……因为……"她一股脑地说道，"我在学校里也还没有一个朋友，所以，你和我成了朋友后，咱们就是彼此最初的朋友了。"

话虽这么说。

"我们肯定能成为要好的朋友。我叫明来，可以告诉我你的名字了吗？"

对方微笑着说着理由，我心中的怒气却瞬间被点燃。平日我最讨厌的就是这种女生，总是一副为你着想的样子，完全不考虑对方的感受。

"我叫仓木小夜子，但是我并不想和你成为朋友。"我冷冷地说道。

串珠辫好像很受伤。

明明是你先凑上来的。

最烦这种无辜受伤的样子。

"用不着这样无情吧，好不容易有人想和你交朋友。"黑猫说道。

我不会重蹈覆辙。

我已经有你这个朋友了。

有你就够了。

我快步走向学校。这次，没有人追上来。

○

被讨厌了！

我有点儿小小的受挫。小夜子越走越远，转弯后连身影也看不到了。我的内心再强大，也不可能在被那样训斥之后还继续追上去。

脚尖轻轻地踢打着路面，我回想着刚才发生的事。我似乎做了让她很生气的事？我只是想和她交个朋友而已啊。自顾自地走那么快，有那么生气吗？通常——

仓木小夜子。这个女孩给人拒人于千里之外的感觉。通常遇到这种情况，我是不会直接凑上去的。

刚才我滔滔不绝地说话的时候，其实我一直在观察她，可完全找不到入手之处。她没有一丝打开心扉的痕迹，简直就像被一个透明的壳包裹着，这个壳还坚硬无比，螺纹一圈又一圈，外表也刺儿刺儿的。嗯？听起来怎么这么像海螺啊。

在我说到父母离婚的时候，她瞥了我一眼。但也仅此而已。那一眼似乎也只是觉得我像只叽叽喳喳的小鸟一样，在烦躁地控诉吧。很过分吧。

但是，我觉得她的心地并不坏。

她想拒绝一个讨厌的女孩，结果却是提醒对方如何交朋友。

她是怎么说的？你现在冒冒失失地和我走近，以后会有很多麻烦。等你去了新班级，了解好了再决定交什么朋友。

嗯，说得倒是挺有道理。

我正暗暗点头，身后传来熟悉的声音。

"明来！你怎么才走到这里？"

我回头一看，老妈正在身后。这个女人忙活一早上，终于搞定了自己的妆容。

"哦，和人聊了几句。"

"和谁啊？"

"一个同学，好像也是六年级的，说不准我们一个班呢。"

"哦，那挺好的嘛。你交朋友那么厉害，你们很快会成为好朋友的。"

并不会。要和那个女生成为朋友，似乎没有那么容易。

我们到了学校，班主任坂井老师已经在那里等我们了。暑假的时候，我曾经见过一次坂井老师，他一头短发，头发看起来像钢丝一样，眉毛很粗，身为老师，却意外地能和学生产生共鸣。

"老师！"我单手举起，和老师打招呼。妈妈一把按下我的头。

"明来，好好和老师打招呼，说早上好。"

坂井老师笑着说道："哈哈，没关系。三桥同学，早上好。"

之后，妈妈和坂井老师开始交谈，我看他们一时半会儿也结束不了，无聊中向教学楼之间的庭院那边走去。男生们正在踢球，球场对面有个类似亚马孙丛林的地方，那边堆积着吊环、悬桥、滑梯和攀爬架等东西，俨然是一个大型的游戏用具聚集地。场地边缘是一片杂树林，在那里玩玩捉迷藏倒是不错。

突然，我感觉似乎有人在偷看我。难道我也有粉丝了？我看向四周，没发现可疑的人啊。教学楼的窗户边也没有人在朝我这边看。怎么回事？

"明来！走啦。快过来。"

听到妈妈喊我，我赶忙回道："马上！"

坂井老师带着我们在出入口†找到我的鞋柜。我换好鞋，妈妈换好访客拖鞋后，我们穿过走廊走向办公室。

"坂井老师。"我突然想到一个问题。

正和老妈说话的坂井老师看向我这边："三桥，怎么了？"

"我们班有没有一个叫仓木的同学？就是梳着长长麻花辫的女生。"

坂井老师惊讶得睁大双眼，然后又一副原来如此的样子点点头，说道："怪不得，仓木家和三桥家住得很近啊。你们都是六年一班的。你见过她了？"

"哦。"

"明来，哦什么哦，和老师好好说话。"

老妈又在纠正我的敬语，坂井老师却笑着挠挠头说道："这样啊，仓木——"

"她人怎么样？照我看，她应该是摩羯座，A型血。"

"这个你要问她本人啦。她呀，成绩很好，是个不惹麻烦的学生，但她完全不和周围的同学接触。可以的话，你能和她交个朋友吗？"

---

† 出入口：日本教学楼的出入口处有换鞋子的地方，类似于玄关。那里摆着很多排鞋柜，鞋柜上贴着每个学生的名字。

"老师你说反了吧？我是转校生，应该是她和我交朋友才对。"我不由得冒出这句话。

"可是三桥你属于善于交际型，看起来很会交朋友。"

"啊哈，是吧。"

"明来！"老妈因我和坂井老师说话不恭敬，瞪眼看我。我赶紧躲到坂井老师身后。

"对不起，坂井老师，这丫头太野了。"

"没事没事，最近有个性的学生越来越少了。"

我暗自吐舌。哼，有个性？有个性了就甭想交到朋友。

那个女生要转来我们班。我看到教室里有一张空桌子，就是靠窗那排的最后一个座位，那应该就是串珠瓣的桌子吧。

我把书包放下，带着黑猫出了教室。还没开始上课，没道理继续待在让人窒息的教室里。时间还早，我穿过人影稀少的走廊，来到图书室。

我喜欢图书室，那里有很多书，无论什么时候都安安静静的。来到图书室，总能感觉到一种让人不由得挺直腰杆的肃穆气氛。成千上万本书，每一本都是一个小小的世界，它们静静地等待着某一刻被人翻阅。

每天早晨我都在图书室里读书，和黑猫聊天。我喜欢读书，不喜欢和人打交道。虽然黑猫曾说过，人和书其实并没有什么不同。

"你难道不这么觉得吗？书和人一样，各自拥有一方世界，然后用自己的语言与人交流。不论是声音还是文字，或者是别的方式，它们本质上都是一回事。"

或许吧，但是书没有人类那么聒噪，也不会强加于人。书总是无差别、无歧视、慷慨地给予我知识。

"你错了，小夜子。"黑猫摇摇头，从桌子上跳了下来。他一边向窗户走去，一边强词夺理道："有的书也很聒噪，有的书也会强加于人。不过，书如果你不喜欢了可以合上，和人交往却不能如此。"

我从书里抬头看向黑猫，他正轻柔地走在阳光沐浴下的木地板上。

"书也会歧视，也会差别对待。你如果不认识他的文字，不懂他的语言，他也同样不会和你交流。"

话虽如此，我的内心却无法认同黑猫的道理。我问黑猫，如果真如他所说的那样，那我为何更喜欢书而不是人，两者若无差别，我为何不讨厌读书呢？

"那是因为你被书偏爱，所以你也同样爱读书。"他说完哈哈大笑起来。

什么歪理邪说？我莫名感觉被戏弄了，皱起眉头。这时，黑猫跳到了窗边上，看向远方。

"快看！那个女生来了，在庭院里。好像是叫明来？好奇怪的名字哟。"

我耸耸肩，一副无所谓的样子。

"你们真成一个班了，估计以后麻烦少不了呢。"黑猫的声音里有一种幸灾乐祸。

"什么都无所谓。"我说道。

上课铃响的前五分钟，我回到了教室。陆陆续续来教室的同学在喧闹，我不耐烦地走过他们，回到靠窗那排第一个座位上，打开图书室借来的书，想要逃进书中世界，但周围吵吵闹闹，根本没法集中注意力。

"哎！听说要来转校生，是真的吗？"

"真的哟，我看到了。"

"男的还是女的？"

"好像是女的，头上还编着串珠。"

"哇，应该很可爱。"

"长什么样？好奇死了。"

烦死了。

"转校生这种生物，对班级来说可谓是异物。对转校生来说，新班级也是异物。异物和异物相遇，故事也就随之发生了。"黑猫一副了然的模样，"正如平静的湖面落入一滴水，即便水滴终会与湖水融为一体，但开始总会溅起水花，泛起层层波纹。无论是好是坏，总会给彼此带来一些影响。"

黑猫用后爪挠挠耳朵，咯咯地大笑。

"小夜子，你看着吧！我不是勉强你去交朋友，但这是一个了解人类到底是什么样子的好机会。"

可我并没兴趣。

铃声响了，刚才还上蹿下跳的同学一个个回到自己的座位上。教室的门开了，坂井老师走了进来，估计是今天有开学典礼的缘故，坂井老师罕见地穿了一身正装。

"大家早上好！"

"老师，转校生呢？转校生！"

坂井老师的例行问候被佐藤的喊叫声淹没。佐藤是班里的应声虫，现在正像小奶狗一样汪汪叫唤。

这也是我讨厌的类型。

"佐藤，你怎么还没长进啊？咱们班确实有转校生。大家请安静，我先点名。"

从相泽开始，老师挨个叫名字，被叫到名字的要喊"到"。

"仓木。"

点到我了，我答道："到。"

老师看着我，忽然笑了笑，说道："仓木，听说你见过转校生了？"

全班突然骚动。我暗自吐舌，老师为什么要说这个，闭嘴不好吗？

"我曾说过，如果一个人对你很热情的话，你们很快会成为朋友的。同学们，我一会儿去叫转校生，你们好奇的话可以先问问仓木同学。"

教室里顿时一阵尴尬。尴尬的原因，我心里再清楚不过。大家好奇归好奇，但因为对象是我，所以不能像平常一样毫不顾忌地询问。

"唉——"打破这种微妙气氛的还是佐藤，"仓木成天哭丧着脸，肯定什么都不会说。"

被佐藤说中了事实，我心里果然爽快了很多。坂井老师正要开口，另一个声音插了进来，是柊的声音。

"佐藤！你怎么能说仓木哭丧着脸。拜托你在说话之前考虑一下仓木同学的感受！"

柊是个戴着像蜻蜓眼睛一样眼镜的女生。这种女生也很可怜，她们的人生意义似乎就是纠正男生的劣根性，她们试图在一切场合抓男生的小辫子，以此让大家都讨厌男生。

这也是我讨厌的类型。

"我又没和你说话，你给我闭嘴，四只眼。"

"你说我什么？"

"佐藤，柊，不许吵了，都坐下，我继续点名了。"

哼，还不是老师你先多嘴的。

最后一名的矢野也回答完毕之后，坂井老师点点头后说道：

"好啦，很高兴大家都能这么精神十足地返校。大家也都知道了，这学期将有一位新同学加入我们班，我去叫新同学，你们待会儿要好好欢迎新同学。"

坂井老师说完之后就出了教室。教室里顿时又沸腾了。我从书桌里拿出一本书，准备认真读书，背后却不断传来阵阵私语。

"你去问问仓木呗。"

"啊，我不敢，我怕仓木。"

"难道你不好奇吗？"

我叹了口气。要问就赶紧问，要不就别问。

好一会儿，背后才传来一声怯声怯气的招呼声："喂。"

我转过头，一个扎着两个辫子的雀斑女孩正满脸紧张地看着我。她叫杉田，家里有几个妹妹，照顾妹妹的苦差事总是轮到她的头上。看来这次的倒霉事也轮到她了。

这也是我讨厌的类型。

"仓木同学？"

"什么事？"

"那个，转校生长什么样啊？"

我盯着杉田说道："一个烦人的丫头，和你们一样。"

杉田一脸不知所措的样子。

不知什么时候，教室里一片寂静，空气仿佛被冻结。原来大家一直注意着这边的动静啊。

我仿佛什么都没发生似的，再次埋头读书。

○

哇，好紧张呀。

和坂井老师走在走廊上，我罕见地缄默不语。一早遇到小夜子，那属于一对一，对我来说还好，接下来可是一对三十。我稍微有点儿害怕。投手[*]都害怕了，嘿嘿嘿。

这时，坂井老师拍了拍我的肩膀。

"三桥，怎么了，还好吗?"

通过老师的手，我发现坂井老师也很紧张，空气是凝固的。

紧张? 没搞错吧，坂井老师好像在担心我接下来会不会顺利。虽然嘴上说着"很快就适应啦"之类的，其实内心还是担心我。毕竟像我这样有个性的人，不是很快成为班里的人气之星，就是很快被大家排斥在外。

发现坂井老师紧张之后，我反而轻松了不少。有句话说得好，紧张的人看到别人因为关心自己而紧张之后，反而没那么紧张了。难得的机会，逗逗坂井老师吧。

"没……没……没事。老……老……老师。"

"啊，你太紧张了。"

"我没紧……紧……紧张。"

"嗯，嘴巴放松点儿。"坂井老师笑了笑，凝固的空气流动了。

"可是……可是我要去新班级了，我可是转校生啊。"

✦ 投手：棒球或垒球游戏中的投球队员，通常被视为主宰比赛胜负的灵魂人物。

"我知道。"

"万一他们不停地向我提问怎么办？万一他们问我更擅长模仿鸡鸣声还是黄鹂声怎么办？"

"咱们班可没有能提出这么有趣问题的学生。"坂井老师笑呵呵地说道。

"我是不是先练习一下，ho-pu-ku。"

"好啦，三桥，走廊里要保持安静。"

"哦哦，那我到了教室再练习。"

"别担心，不会让你模仿动物叫声的。六年一班虽然有几个同学有点儿不好相处，但是大多数同学还是很友好的。三桥同学很快就能和他们成为朋友。"

"是吧，我也这么觉得呢。"

我笑了，坂井老师似乎不那么紧张了。唉，不是自己就不要说风凉话。我也不紧张了，回到了平日的状态。

坂井老师开心，我也开心。大家都开心。

六年一班到了。

接下来，我只需要做一件事，专心表演即可。

进了教室，所有人的目光都看向我。坂井老师站到讲桌后，环顾全班后说道："大家安静！咱们先让转校生进行自我介绍，大家都好好听着。"

说完，坂井老师坐到自己的座位上，示意我开始。

我拿着粉笔在黑板上写下自己的名字。

然后，我回头看向大家，下面有充满好奇的眼神，有打量意味的眼神，也有单纯犯困的眼神，还有坐在靠窗那排第一个座位上的那种无聊地看向窗外的眼神。

是小夜子。

我嘴角上扬，深呼吸后说道："大家好，初次见面，我叫三桥明来，是从东京笹柄第二小学转学过来的，以后请多关照。"

我低头鞠躬后，坂井老师马上说道："好，大家鼓掌！"

顿时，噼里啪啦的掌声将我包围。我偷瞄了一眼小夜子，她还是心不在焉地看着窗外。

"接下来本来安排了提问环节，不过一会儿还有开学典礼，时间不够，你们有什么想问的就私下沟通吧。新同学很活泼，相信你们很快会相处融洽的。"在坂井老师说到"活泼"的时候，我用手比了个"V"，几个同学还被逗笑了。

"三桥，你就坐靠窗那排最后一个座位。"

"好的。"

我从讲台往座位走，和小夜子四目相对。我向她悄悄地眨了眨眼，她却皱起了眉。真不是个乖孩子。

"开学典礼之后……"坂井老师开始讲今天的注意事项。我落座后，坐我前面的女生回头和我打招呼。女生打扮时尚，简直可以在少女杂志的封面上当模特了。

"明来，你好！"

"嗯，你好！"我说完伸出右手，女生也伸出白皙的手握住了我的手。嗯，感受到她的体温了，我会心一笑，同时，陷入沉思。

看来，今后需要警惕这个女生了哟。

开学典礼在学校的庭院举行。换鞋的间隙，不少同学过来和我搭话，我不着痕迹地和他们或是握手，或是顺势搭搭肩膀，借此查探他们的情况。隔着手掌，他们的情况源源不断地向我袭来，在我心里激起一幅幅画面，犹如在澄澈的水中滴入墨水，犹如鲜花盛开后又凋谢，犹如漩涡卷起后又归于平静，又犹如耀眼的极光一闪而过。这些画面和现实世界重叠交错，将我的视野染成了五彩缤纷的颜色。

我宛如置身在万花筒中。不过，那正是我的舞台。

我碰触他们的身体，借此窥探他们的想法。我观察着那些摇曳的颜色、闪现的画面，同时进行着自己的表演。我演技出色，台词优秀，我在舞台上尽情地展现着自己。

我一个一个地窥探完除小夜子外的全班同学，发现男生们的关系意外地融洽，女生们有多个小团体，其中以美咲为中心的团体最受瞩目。美咲就是那个一开始和我握手的精致女生。

她像众星捧月的公主，身边总是围绕着一群奉承之人。

在教室和她握手的时候，我看到了淡淡的粉色，看到了可爱迷人的花朵，看到了高高绽放、香气甜美的兰花；但细看之后又会发现，那根本不是花，而是假扮成花朵样子的螳螂罢了。

哦，原来是兰花螳螂✦啊。我懂了，这种女生对自己人很和善，对敌人很凶残。

她有着一副花儿一样人畜无害的模样，但冷酷无情的复眼却死死地盯着我。她如临大敌，时刻亮出她的大钳子……与对转校生的好奇相比，也许她更害怕自己一直以来守护的城堡坍塌吧。

表面看起来越强大的人越恐惧变化和失去。哎呀，我在说什么。

✦ 兰花螳螂：属螳螂目螳螂科，它们的步肢演化出类似花瓣的构造。很多种类的兰花都会长有兰花螳螂，它们有最完美的伪装，而且能随着花色的深浅调整自己身体的颜色。

总之，和这种人打交道，如果你点头哈腰，被拉拢过去后会很麻烦；反之，如果你和她作对，又会被欺凌孤立。虽然对方很看重你，但最好还是保持一定的距离，维持微妙的关系为好。

开学典礼很无聊。不过，哪里的都一样。校长致感谢词，其他老师讲一些注意事项。有认真听讲的学生，也有窃窃私语的，比如我后边的这位同学。

"哎，你之前见过仓木同学？"我正在发呆，突然被后面的同学问道。

我扭头看向身后，答道："嗯，见过啊。我们俩家住得好像比较近。"

她小声说道："怎么说呢？她给人的感觉很不好，要是她不那么讨厌就好了。"

"没有啊，她对我很好啊，她还安慰我说我很快就能交到朋友的。"

"啊，仓木同学真这么说？"

"哦。"我这不算说谎吧。

女生不可思议地瞪大双眼，想要说些什么，这时候坂井老师走过来对我们说："杉田，知道你对转校生好奇，不过现在要好好听老师讲话。三桥，把头转过去。"

"对不起。"

"对……不起。"我一副知错反省的样子，等坂井老师一走，我回头向杉田做了个鬼脸，杉田被我逗得嘿嘿直笑。

看来，小夜子在班里确实是孤立无援。

开学典礼的时候，我一直在和黑猫玩单词接龙。黑猫的心眼很坏，总是出最后一个字的发音是"ri"的词。我只好想一些字首和字尾的发音都是"ri"的词回他，比如说"料理（ryouri）✦""伦理（rinri）""摘苹果（ringogari）""卖苹果（ringouri）""康复训练（rihabiri）""初始化（rikabari）""临床心理（rinsyousinri）""量子物理（ryousibuturi）"等。

"你觉得那个转校生怎么样？"黑猫突然问我。

我都说了没兴趣。

"好吧，我可是对她很感兴趣。"

我皱起眉头。你感兴趣？少见啊。

✦ 料理（ryouri）：在日语发音里，ryo 的第一个音也发 ri 的音。

黑猫接着说："因为那个转校生身上有种气味。"说完他用鼻子嗅了嗅。

气味？

"可疑的味道啊。哈哈，胡散臭✦不就是可疑的味道嘛。"黑猫暗自窃笑。

他是在和我开玩笑吗？可是一点儿都不好笑。

"早上你见过她，刚才也看到她在走廊和其他人说话了，你怎么看？"

是啊，直白地说，她就是个马屁精，一个脑子不好使的丫头。

黑猫点头附和："嗯，她对每个人都过于友好，表情也过于丰富，或者说是反应过度。她非常喜欢和别人说话，非常喜欢开玩笑……"

确实如此，与我是完全相反的性格，也是我最讨厌的类型。

黑猫接着说："不过，她那是在演戏。"

演戏？

黑猫一改玩笑的口吻，一本正经地说道："那人可比你想的心机深重。她通过缜密的观察，精准地看出别人的心思，

――――――――

✦ 胡散臭：胡散臭在日语里是可疑的意思。

简直是妖怪。她自己的所思所想却分毫未透露。"

我悄悄地回头。在队伍末尾，串珠辫正和男生玩闹。我一边观察她一边说："如果她想的话，那丫头应该能很好地融入那群人，很快就可以成为人气之星……我竟然以为她脑子不好使？看来那丫头的脑子好使得很。她完全知道别人会说什么，会做什么，会发生什么。真是令人毛骨悚然。"

"毛骨悚然。"黑猫也不可思议地说道。

我低头沉思。突然，黑猫用他那长长的尾巴砰砰地敲打我的头，说道："所以你可要小心喽。那丫头好像挺喜欢黏着你。"

开学典礼结束之后，在放学回家前，坂井老师对我们说：

"同学们，今天就到这里。大家尽量早点儿记住三桥同学的名字。距离你们毕业已经没有多少时间了，我希望大家能一起度过这段美好的时光。"

起立的口号响起，大家一齐低头鞠躬说再见。我迅速走出教室，背着几乎空空如也的书包穿过走廊。

身后传来呼唤声："小夜，等等我！"

小夜？谁，这么叫我？啊，我想到是谁了。

我回头看到转校生和几个邀请她一起放学的同学挥手告

别后向我这边跑过来。

"三桥同学，咱们一起回家吧。"

"抱歉，我和别人有约了，下次吧，宝贝！喂！小夜！"

烦死了。

还有，都六年级了，怎么还和小孩一样在走廊上乱跑。

"来了哟。"黑猫喵喵地笑着，抬头看向我。

我假装没听到，径自往前走，串珠辫跑到我旁边和我并行。她说道："你好过分吔，一声不吭就走了，一起走呗，咱们住得很近。"

"请不要和我说话。"

"咔嚓——我心碎了哟。我对附近还不熟悉，会迷路的哟。"

烦死了。

烦死了。烦死了。烦死了。烦死了。

我真的要烦死了！

"喂喂喂！"串珠辫边说边向我伸手，我立马打掉她的手。她顿时表情凝固，一副手足无措的样子。

我冷冷地说："不是说了别再来找我？走开！别缠着我。"

串珠辫似乎被我怒目而视的样子吓坏了，低头看向地面。什么啊，干吗这么吃惊？我转身小跑着离开，下楼梯的时候，听到后面传来其他同学的声音。

"什么啊？太过分了！"

"三桥同学，你别在意。"

对，就是这样，你们互相友好地成为朋友吧。

反正和我没有任何关系。

○

伸向仓木的手被啪的一声打落的瞬间，我感受到了切切实实的拒绝。虽然人们常说人心隔肚皮，但小夜子的心周围立着的可不是简单的肚皮，而是一堵墙，这堵墙厚且坚实，四面八方布满了锐利的倒刺，倒刺坚硬无比，似乎稍不注意就会被刺伤。我现在依然无法分清手上残留的麻酥酥的痛感是刚才被她打的，还是被幻象中的倒刺刺到的。

不过，墙的幻象隐隐退去，眼前慢慢升腾起一团黑色的雾气。雾气静静地卷起旋涡，将小夜子的整颗心覆盖。她看起来好孤独……

她似乎连一个信任的朋友都没有。

不是似乎，是确实没有。

如果仅仅是这样，其实也不稀奇。我们偶尔也会遇到这种人，他们受到过某种创伤，因此不愿意打开心扉，总是与周围的人保持距离。但是这种人的内心反而是期盼能够遇到懂自己的人的。这种人的内心多少会有某种期待。

但是小夜子不是这样。她的内心没有丝毫期待，完全是一片漆黑。在她眼中，世间的所有人都是敌对的。她觉得世间的人不是阴沉、烦人，就是麻烦，无一人例外。

无一人例外。

我内心震颤。这怎么可能？对人厌烦没错，但是她对所有人厌烦，只要是人就觉得厌烦。正常来说，我们有喜欢的人也有讨厌的人，只是比例多少的问题，喜欢的多于讨厌的，或者讨厌的多于喜欢的。然而小夜子不是这样，她似乎对世间的所有人都充满敌意。

怎么会这样呢？

小夜子冷冷地说："不是说了别再来找我？走开！别缠着我。"

我不由得低头，呆呆地站在那里。

什么啊，怎么可以这样？

小夜子迅速转身，小跑着下了楼梯。我没有再追上去。这个时候不能。因为，我看到那里有个东西。

一只黑猫仿佛从天而降，正蹲在那里。

　　我定睛一看，发现那是一只浑身毛发乌黑的猫咪。这不正常啊，猫咪怎么可能一声不响地出现在那里呢？而且，学校的走廊里有猫咪的话，早就引起大家的骚动了。可是现在看起来并没有人注意到猫咪。似乎只有我能看到猫咪。

　　黑猫闪闪发绿的眼睛看着我。我俩四目相对，黑猫的瞳孔眯成了一条缝。它似乎知道我在看它，噌地全身炸毛，发出"呼——"的吼叫声。

　　我吓得后退一步。

　　"什么啊？太过分了！"

　　我回神看向一旁，说话的是刚才邀请我一起放学回家的女生。她正瞪着楼梯方向。和她一起的另一位女生也体贴地说道："三桥同学，你别在意。"

　　我不由得点点头。然后，我猛地再次低头看向脚下。

　　黑猫消失了。仿若它从未出现。

　　　　　　　　　　🌙

　　我急匆匆地走向鞋柜那边，拿出自己的乐福鞋重重地摔到地上。旁边的女生被我的动静吓得躲到一旁。我把鞋脱了换成乐福鞋，然后走出出入口，心里充斥着焦躁和厌恶。正嬉笑打闹的低年级学生看到我这副样子，也赶紧给我让出一条路。

我一言不发地走出校门。

我想起刚才伸向我肩头的那只手！怎么能轻易地碰别人呢？刚才好像被她碰到了。恶心死了。

恶心死了。我用黑猫的口吻重复了一遍。

自打黑猫说转校生在演戏之后，我对她的警惕度就达到了最高级别。她一副假惺惺的模样，或者说她像戴了一副面具。当然，也有可能是我被黑猫的话诱导才会这么认为。但是，黑猫的直觉往往出奇地准。他说有问题的事情，最后真的会有问题。

为什么扯着我不放啊？烦死了。

——小夜，小夜。你在画什么呢？

不愿回忆的往事从记忆深处涌现，传来天真烂漫的童声。

——小夜，你的朋友是像这样吗？我试着画了画，像不像？

我摇摇头，想把这些从脑海中赶走。我一脚踢飞路边的护栏，然后是咚的一声。好疼啊！"呦呦呦……"我疼得眼泪直流。

黑猫不在。

"喂！你在哪儿？"我轻声呼唤。平日没事就腻在我身边说这说那，偏偏这个时候不见踪影。

我四下张望，然后在学校方向看到黑猫从一群离校的小朋友里面挤出来，正向我这边飞奔而来。

啊，看到你了。

黑猫爬到我的肩膀上。

你去哪里了？

黑猫没有回答我的问题。

"赶快回家！"他凝视着校门那个方向说道。

我从他的声音里听出了恐惧。

我诧异不已。发生什么事了？第一次看到他这么害怕。

"快点儿！"黑猫摇摇尾巴再次催促我。

我内心满是疑惑，还是依言迈步回家。

好一会儿之后，黑猫好像终于冷静了下来。他从我的肩膀上跳了下来，在我身边嗒嗒嗒地走着。他在安静地思考着什么。我在心里询问他，发生了什么？

黑猫没有看我，低头说道："从现在开始，在学校我们尽量不要说话。我不会再回你的话，但是我会认真听你说话，所以你不要多想。"

"我不要！"我突然大声喊道。然后，我慌张地向四周确认，对面走路的人正转头看我。好尴尬！

我深深地呼吸一下后，看向黑猫。

为什么？

"以防万一。"

防什么？……

我不要。在令人窒息的学校里，和你说话是我唯一的救赎。在无聊的课堂时间，在孤单的午餐时间，如果不和你说话，我该如何度过？

"你别露出这种表情，稍微忍耐一下。"

黑猫的话让我很生气。

这些对我来说很重要，怎么能说稍微忍耐一下。你难道不知道和你说话对我是多大的救赎吗？

"你要理解，这也是为你好。"

我瞪向黑猫。

以"为你好"的名义强加于人，你难道不知道我最讨厌的就是这种人！

黑猫抬头看向我："我知道因为我，那些不堪回首的往事让你很痛苦。"

你在说什么啊？既然你都明白就不要再说今后不要说话

那种话了。

黑猫说完那句话之后再没开口，一直沉默不语。我一副马上要哭出来的样子，一脚把路边的护栏踢飞。

○

咦？刚才我是看到一只猫吧？难道出现幻觉了，不会吧？确实看到了啊！

虽然很在意那只猫，但一直在走廊里也不是办法，毕竟按时准点回家是小学生应尽的义务。于是我和刚才邀请我的两个女生一起慢悠悠地走回家。

虽然刚才被大家都感兴趣的小夜子凶巴巴地拒绝了，不过同时我也收获了目击同学的同情。而且，在结伴回家的时候，我又机警地和她们增进了感情，又卖弄了一番同情。跌倒了就再爬起来！我真是一个坚强的女孩。

"仓木她以为自己是老几啊？我绝不会和这种人交朋友。"

说话的是扎着高高马尾辫的女生。她的个子高高的，看起来很活泼，好像叫相泽巴。她虽然不是美咲那一伙的，但从班里其他人的眼神里可以看出，这个女生在班里也是一个有号召力的角色。

"她那么说好像是不太好。仓木同学她不可能因为害羞就那样做的。"

慢悠悠、笑眯眯地说话的是一个发色偏亮、头发顺直、外眼角有点儿下垂的女生。她叫天海优歌，是一个落落大方的女生。她和相泽巴的关系非常要好，但目前我还看不出她俩谁是主导。

"唉，我们俩家住得比较近，我是想着为了以后方便，和她交个朋友。"我说着笑了一声，"没想到小夜子她还挺顽固的。"

"她一直就那样。虽然去年我们才同班，但我从来没见过她和哪个同学关系好。学校出游的时候我被分到和她一个组，那才叫惨。"相泽巴说着噘起嘴，"我当时尴尬死了。她一句话都不说，我看她一直在看书，就想和她找找话题，问她喜欢什么书。她竟然说：'我为什么要告诉你。'"

她用高傲的表情模仿着小夜子说话，优歌看了哈哈大笑。

"哈哈哈，相泽你模仿得好像哟。"

"小夜子确实会那样说。我今天第一天见她都能想到。"

"其实她以前不是这样的。"优歌轻描淡写地说。

"以前？"我询问道。

她点点头，说道："幼儿园的时候，还有刚上小学的时候，她好像不是现在这个样子。"

小巴歪头表示疑惑："有吗？我觉得她一直都是这个样子。她好像没有变化啊，以前你和她打招呼，她会正常回话吗？"

我被逗笑了："你说得好像她现在不正常一样。"

"对呀，她现在就是不正常吧。正常人会对第一次见面的转校生那样说话吗？"

优歌没在意小巴说的话，慢悠悠地继续说道："那时候我和小巴不在一个班，我和同学相处得很不好，有时候会被同学戏弄，被大家说天然呆、装可爱之类的。但是仓木同学从来没说过我。"

"哈哈，优歌，你那是被无视。"小巴义正词严地说道。我也觉得那种可能性更大。

"才不是！"优歌挥挥手，"我的鞋找不到的时候，仓木还帮我一起找来着。"

我和小巴面面相觑。

"二年级的时候，我们还一起画过画。仓木同学画画非常棒，虽然她每次都画同一幅画。"优歌似乎沉浸在过去的回忆中，温柔地笑了笑，然后充满自信地说道，"所以，仓木同学其实本性并不坏。"

一阵沉默过后，小巴说道："我第一次听说，之前你为什么不告诉我?"

"你也没问过我啊。"

"那倒也是。"小巴噘着嘴说道。

我们在公园的转弯处分手。我说完"明天见""好的"之后,小巴也利落地向我道别(优歌总是慢半拍,道别三次才成功)。

这两人还真是表里如一。

小巴的内心给我的感觉是森林深处的清泉,是一股从山岩中直泻而下,白雾缭绕,泡沫飞起,汹涌澎湃,气势磅礴的清泉。而清泉之所以如此澄澈见底,是因为它不受天地万物的束缚,一直奔腾不息。

小巴对自己的喜恶直言不讳,但听了优歌的话后,她开始对一直以来厌恶至极的小夜子重新评估,可以说是内心公正,心思灵活。

而优歌是真正的天然呆。她的内心就像和煦的穿林日光,蓬松发软的云彩,夹杂着花香的微风和愉悦的春日假期。

她并非做作,她的节奏就是如此极端。小夜子似乎也是如此。她和小夜子之间发生的故事在她的内心如同宝石一般熠熠发光。

　　这两人应该能成为我的助力吧。我没在她们心里看到类似美咲隐藏的那种狠毒的东西。我大叹一口气。

　　好累啊，好久没这么"使用"过度了。

　　不过，没关系。今天发挥得很好。以后只要警惕美咲那伙人就好，其他人基本无害。万一有什么失误，只要和小巴她们搞好关系，她们也会帮我说话。尽量演好开朗的呆女孩一角，对大家笑脸相迎，不强出头就好。这听起来很难，但我去做的话，肯定能完美演绎。

　　现在的问题还是小夜子。我果然还是在意她。难道我对她一见钟情了？哈哈，开玩笑。但是，我对她确实是类似一见钟情啊。明知危险，却还是想着和她交朋友。

　　我也说不出为什么。也许是因为她的言行不在正常思维的预料之下吧。她不好对付。她和我迄今为止遇到的所有人都不一样……啊，我不会是那种在恋爱时越受到阻挠感情陷得越深的人吧？呸，刚才都说了不是恋爱了。

　　然后，我想到了那只突然出现又突然消失的黑猫。

　　那是怎么回事？现在想想，我看到黑猫的时候就是我刚碰了小夜子之后。难道他是小夜子内心的一部分？

　　但这和我以往看到的不一样啊。黑猫蹲在那里，质感和重感是如此真实。乌黑的毛发、发绿光的眼睛，这些色彩都与我以往碰到别人感受到的色彩不同，似乎是现实中才能看到的色彩。虽然好像只有我能看见，但这明显和我平常看到的东西不一样。唉，越想谜团越多。

算了，想不明白的事情，再烦恼也没用……

唉。

我抬头仰望天空，讽刺地笑了。

可以看到碰触之人的内心这种事，真是麻烦！

))

放学回家的这段路格外阴沉。

往日话痨的黑猫沉默寡言，对于我时不时地搭话也是含糊其词。我一想到今天之后该怎么办，就感觉肺部像被一双冰冷的手紧紧地勒住一般。

在学校不能和黑猫说话！什么啊，那简直如同地狱。

无论是以防万一还是为了我，有一件事是毋庸置疑的，那就是黑猫要抛下我，留我孤单一人。而且，还是在我最需要他的时候。

我该怎么办？从进入学校到放学回家，这段时间我该如何忍耐？如果我因此有了心理方面的疾病，那都是因为你。

我可能会被别人发现在和看不到的东西说话。

我在心里这么说着，黑猫却丝毫没有反应。

连"我本来就是别人看不到的东西"之类的口头禅也没有。

我正想着要不要踩踩他的尾巴，但看到黑猫一脸认真思考的样子，便作罢了。

我穿过公寓前厅，步入电梯，按下五楼的按钮。这时，黑猫终于开口了："喂。"

单程二十五分钟的放学路，黑猫沉默了将近二十分钟，其间，无论我怎么搭话他都不理我。我非常生气，想着要不要也不理他。如果我不理他的话，到家之后就相当于我们沉默了将近三十分钟。这么长的时间我根本无法忍受，于是我短促地回了句："什么？"

我是不是太偏了。仔细想想，他不可能没有任何理由就说出不再和我说话这种话。他肯定有自己的理由吧？

想到这，我突然有点儿难为情。我发现我一直只考虑自己，没有考虑过黑猫的心情。那个最喜欢揶揄和开玩笑的黑猫，决定要保持沉默，这对他来说是一个多么艰难的决定。

不知道是不是察觉到了我的心情，黑猫抬头看向我，终于笑了笑。然后说道："别担心，我没事。"

我问道："发生什么事了吗？"

"嗯……我会告诉你的，等时机到了的时候。"

黑猫恢复了之前那种状态，我稍微放心点儿了。我欲言又止。感觉到电梯开始向上移动，我把目光从黑猫身上移开，然后问道："喂，到底为什么不能在学校说话？"

"抱歉。"

"理由也不能说吗？"

"现在还不能。"

好吧。确实是有缘由的，只是现在还不能说。

"小夜子，你还记得我们俩第一次见面的时候吗？"

电梯门开了，五层到了。我走出电梯，穿过走廊走向最靠里的 507 室。

"爸爸把你送给我的时候？"

"对对，是你爸让我们得以相遇。当时你妈好像是感冒了，你爸替你妈去幼儿园接你，然后在回家的路上……"

"我记得。爸爸把橱窗里的你送给了我。"

那天下雪了。我抬头看向天空，雪花轻轻飘落，像冷冷的白色羽毛一般。我的印象很深刻，因为这个地方即便是深冬也几乎很少下雪。

爸爸牵着我的手，我的脸埋进围巾里。他的手大大的，轻轻地握着我的手，他把我当作易碎品一样生怕把我捏坏了。我抬头望去，爸爸呼出的白气烟雾缭绕，消散在夜空中，看起来好美。

"那时候爸爸就开始忙于工作了，很少在家。我不知道该和他说些什么，爸爸应该也是这么想的吧。在商业街上走着的时候，我们都沉默不语。"

"沉默让你很拘束？"

"是啊，很拘束。不过，无论再拘束，无论和爸爸再不说话，我还是最喜欢爸爸。"

呵呵，那时候是最喜欢的。

"所以，爸爸把你送给我，我当时真的很开心。"

黑猫眯起眼，抬头看向我。

我想起了那时候。

爸爸蹲下身与我双目对视，然后掏出一只软软的小黑猫。

"小夜子，以后要好好照顾小猫咪哟。"

我惊讶得睁大双眼，完全没想到爸爸会这么做。爸爸看着我惊呆的表情，自己满脸通红。他一副后悔自己为什么要做这种愚蠢事情的样子。

我感觉自己触碰到了沉默寡言的爸爸的内心。我的心变得很柔软，就像凝视着生日蜡烛那摇曳烛光时的心情一样。

"那是我们相识的伊始。"

我点点头，然后掏出钥匙，打开 507 室的门。

迎接我和黑猫的是一片寂静。房间空无一人。

"好久没玩黑白棋了，要不要来一局？"黑猫一边噌噌地挠着耳朵，一边对我说道。

○

"呼儿嗨哟……我回来了，阿拉伯狒狒。"

我拉开玄关的门，刚脱掉鞋子就听到从客厅里传来的姥爷的声音："回来了啊，明来。欢迎，欢迎长角象虫。"

姥爷对那些奇奇怪怪的虫子的名字滚瓜烂熟。

"今天在学校怎么样啊？"

"还行吧，有点儿累。姥姥呢？"

"正在煮乌冬面呢。午饭咱们吃山药泥浇乌冬面。明来，你快放下书包，去洗手。"

"好的，狸猫。"

"哈哈，别忘了漱口，步甲虫。"

三人吃罢姥姥做的山药泥浇乌冬面，在客厅悠闲地聊着天。这就是所谓的全家团聚吧。虽然老妈在工作不在家。

我一边给姥姥捶肩膀，一边兴高采烈地说着今天发生的事。

姥爷靠着沙发看着午间新闻。

"不错啊，明来。新班级听起来很有趣哟。"

"那是，我总是能遇到喜欢的人。"

我轻轻地捶着姥姥的肩膀，拜自己的"力量"所赐，大概也知道了姥姥的想法。姥姥啊，她享受着可爱外孙女的按摩，非常开心，她的心情是盛开的清新淡雅的花朵，是满足的叹息声。

我很擅长按摩。用什么力度，按哪里让人更舒服，我是最清楚不过的。只要按摩对方想要按摩的地方就能让对方开心，这和与人相处是一回事。

我随声附和着姥姥的话。隔着手掌，我感觉到姥姥内心的色彩慢慢发生了改变。

嗯？

她的内心深处突然被一团阴影笼罩。

姥姥，你怎么了？你可爱的外孙女正在给你按摩，你还有哪里不满意？

今天使用了一天的"力量"，我本来已经精疲力竭，但我没法眼睁睁地看着最爱的姥姥被低落的情绪笼罩而置之不理。

我集中意识到手掌上，顺着情绪传来的路线逆流而上，慢慢靠近姥姥的内心。然后，我进入了姥姥的思想里。

我看到眼花缭乱的颜色，听到翻江倒海的声音，还有一些画面片段和几种声音。

我竭力保护自己。进入人的内心最重要的就是不能太过共情。与通过手掌感知情绪不同，进入人的内心需要格外注意，稍有不慎，意识就会被对方的情绪所吞没。

一定不能迷失自己和对方的界限！

我叫三桥明来，一个可爱的女生，把刘海和串珠编进辫子是我的标志性打扮，身高一百五十四厘米，狮子座，AB 型血……

突然，我伸出双手抓住笼罩姥姥内心的那团阴影，轻轻地将其捧起，防止它破裂。然后，我潜入阴影的源头。

姥姥的记忆瞬间扑面而来。

——说那些没用。为了工作没办法。

这是妈妈的声音。我全神贯注地听着。

"您不用担心明来。那孩子比妈您想得还要坚强。"

这是在车站对面的商业街。虽然我去的次数屈指可数，但是那边都有哪些店铺我还是记得的。从妈妈的发型来看（她经常换发型），这应该是最近发生的事，而且从西晒程度也可以看出这是夏末秋初的时候。

鱼铺的购物袋——我想起来了，昨天晚饭我们吃的就是鲣鱼刺身。其他袋子里还有青葱。这下没错了。

这应该是昨天午后姥姥和妈妈出去买东西时发生的事。

顺便说一声，我那时正在家里和姥爷下日本象棋。哦，我还输了呢。

"话是这么说……"这是姥姥的声音，"你明天不出门吧？明来明天放学回家看不到你应该会很失落吧。"

"我女儿可没那么娇气。"妈妈嗤笑一声，接着说，"我昨天说过了，明天我送明来去学校后就直接去上班。最近因为搬家的事已经请假很多次了。"

"就明天一天，转校后第一天上学，那孩子心里肯定很忐忑——你就不能多关心一下明来吗？"

妈妈似乎很生气："您是说我不关心明来？"

"我不是那个意思，我只是觉得在父母突然离婚之后，明来的心里肯定受伤了。"

"您不要一副很懂的样子！"

我看到姥姥一脸吃惊的表情。路过的行人也纷纷看向她们俩。

喂，老妈！别在街上大声喧哗！这可不是在购物回家路上该说的话。

"妈，你总是这个样子！你总是认为你考虑周全，别人都不如你。"

"不是那样的……但是……"

面对惊慌失措的姥姥，妈妈用颤抖的声音说道：

"可是我也没办法啊。"

突然，眼前的画面开始剧烈晃动。姥姥的内心充满了内疚。我听到了姥姥内心的声音。

——我没有多关心自己的女儿……

"明来，力度可以再大点儿。"

姥姥的声音把我拉回了现实，我的意识重新回到身体里。姥姥和姥爷还在客厅。这是妈妈的老家，现在也是我的家。

我甜蜜的家。

我深呼一口气，笑了笑："抱歉啊，我是怕把姥姥你捶散架了。"我嘴上说着，同时手上加重力度。

原来如此。

姥姥因为担心我而伤了妈妈的心，她在为这件事内疚。

昨天晚饭时，两人可一点儿苗头都没看出来……肯定是不想惹我担心。老妈和姥姥真厉害！

我接着说道："姥姥，我妈她——"我察觉到姥姥的身体有一瞬间的僵硬，"我妈她啊，来这边之后心情开朗了好多。"

"是吗？"

"嗯，我爸刚离开那会儿，她每天就是哭。"

隔着手掌，我感觉到姥姥的内心染了一层悲伤的色调。

"但是和姥姥、姥爷在一起后，妈妈的心情更舒畅了。今天吃过早饭后，妈妈还和我说：'喝了你姥姥做的味噌汤，烦恼都被冲走了。'"

"哪有那么……"

姥姥的心里亮起了柔和的光。

"要不晚饭我们就做妈妈喜欢的生姜味噌汤吧？冰箱里有豆腐和葱，一会儿我去买点儿生姜。"

"好，好好，就做这个。"姥姥不住地点头，"抱歉啊，明来。你是个操心的孩子，本来是想让你更轻松快乐些的。"

我吓了一跳，忙说："您说什么呢，还能找到比我更轻松快乐的孩子吗？我可是像姥姥做的乌冬面一样软和自在呢。"

"哎呀，果然刚才的乌冬面煮太久了。"

"我开玩笑的，我就喜欢吃软和一点儿的，我完全无法理解那些吃乌冬面追求劲道的人。"我笑着这么说，姥姥的内心果然放松下来，化成一片恬静的色调。

"是啊，软和一点儿对胃也好。"

太好了，我又一次巧妙地蒙混过关。

我这么想着，一直在看电视的姥爷突然说道："不，乌冬面还是劲道一点儿好吃。乌冬面最关键的就是嚼劲和入喉感。"

第二章
········

看不见的朋友

那之后不到一周的时间吧，串珠辫俨然成了班里最受欢迎的人。倒不是说她加入了某个小团体，或者说是和某个同学特别要好，形影不离，而是只要她和别人聊天，大家总能聊得很开心。她会和樱井那帮人聊发型、流行元素什么的，和相泽聊一些足球什么的，就连总是坐在角落的杉田，她都能一起画个画什么的。

班里女生的关系越来越融洽，之前那种拉帮结伙、派系之争的氛围似乎都淡了。我本以为女生之间的这种小团体圈层复杂，隔阂深似马里亚纳海沟，但串珠辫却像跳皮筋一样怡然自得地跨越了这个海沟。她就像浮在水面的一滴油，先是紧紧地黏附在水面上，然后不断扩散。女生们因为串珠辫的加入开始凝聚在一起。

男女生之间的关系也有了变化。六年一班的男女生关系一直以来都没那么融洽，可以说是很糟糕。长时间的僵持下，虽然不至于到吵架的地步，但是平日少不了冷嘲热讽，时不时也会有小的斗嘴。

而在串珠辫的插科打诨下，剑拔弩张的气氛莫名缓和了。虽没有变得多要好，但至少没有之前那么紧张了，倒也是一副相安无事，岁月静好的样子。

一段时间后，我发现不论面对男生还是女生，串珠辫这个转校生似乎很擅长拍马屁。她说的话虽滑稽可笑，却让人无法产生厌恶感，那绝妙的话语反而总是恰到好处地说中对方的内心，让人不自觉地原谅她。

啊，真应了黑猫的那句话："简直是妖怪。"一个普普通通的女生，怎么会有这种招数？

黑猫说到做到，上课时间和吃饭时间都不再与我说话，而且绝大多数时候都不再现身。与其说是我做好了黑猫消失的心理准备，不如说是黑猫消失本身已经让我身心俱疲，无暇顾及其他。身边有一位只有自己能看到的朋友陪伴左右，别人无法听到我和他的交流，这件事得以让我在监狱一样的教室里喘息至今。

失去了心中的支撑，我日渐衰弱，脆弱不堪。速度之快连我都惊讶不已。但是，我没让任何人察觉出我的变化。在同学面前伪装对我来说再容易不过，再者也没有同学在意我怎么样。比较棘手的是黑猫。

因为我不想让黑猫察觉到我的变化，如果被他发现了，他肯定会安慰我。

黑猫中断与我的交流，肯定有他的理由。我不想再给他增添烦恼，也不想成为他的负担。

所以，我按部就班地上学放学，就像什么事情都没有发生，什么变化都没有出现一样。我也有我的倔强。幸运的是，我似乎隐瞒得很好，直到现在也没有被人发现。

在黑猫消失的这段日子，我一直在观察那个转校生。黑猫变得奇奇怪怪似乎和这个人有关。黑猫也明确说过，让我离那个串珠辫远一点儿，那个人很可怕。到底发生了什么呢？

无论我怎么问黑猫，他都只是说："现在还不能说。"

但有一件事是可以确定的。

那个人打破了我和黑猫之间的稳定。

而串珠辫对这些却一无所知，依旧屡屡戏弄我。

座位例行调换的时候、手工课素描的时候、两人一组的时候，串珠辫都会跑到我身边；放学回家的时候，串珠辫也会追在我后面喊："小夜夜！我们一起回家吧，咱们顺路哟！"

搞什么啊，烦死了。

我已疲惫不堪。任何事对我来说都无所谓了。最近，黑猫只有在家的时候才和我说话，而和串珠辫在一起的时间又让我痛苦难耐，每分每秒都是煎熬。我的挫败感与日俱增。

于是，那件事发生了。

学校庭院的金桂树开花了，微风吹过，飘来一阵香甜的气息。天空也从夏日浓浓的靛青色变为秋日略带悲凉的蓝色。也许是马上要开运动会的缘故，可以看到有些人在练习无趣的舞蹈，有些人在累呼呼地练习入场和退场。啊，又到每年一度的这种环节了。

黑猫还是一如既往，到了教室就玩失踪。我一个人正在看书。

这时，令人生厌的声音又出现了。

"小夜夜！数学作业你做了吗？我忘做了！给我抄一下你的笔记本。拜托了！"

"靠边去。"我一边翻书一边说。

"太不近人情了吧！别这样嘛，互相帮帮忙啦！"

你什么时候帮过我？每次都是祸害我吧。

"去找别人抄去，你不是有很多朋友吗？"

"啊？可是我这次找的是小夜夜你啊！啊，对了，小夜夜，你让我抄的话，我就让你看我家的大家伙！"

大家伙？我无意间抬头，与串珠辫四目相对。串珠辫微微一笑。

"我说的是我家的金鱼，体形超大，那可不是一般的金鱼哟，是我外公养的，据说已经养了四十年。真的特别大，显得鱼缸特别拥挤。与其说是鱼缸拥挤，倒不如说是金鱼的体积比鱼缸里水的体积都大。总之，是超大的金鱼哟，吃得也超级多哟，连拉的屎——"

我面无表情，掏出笔记本，说道："闭嘴！快点儿抄完还我。"

与其任由她这样喋喋不休下去，倒不如老实借给她，还清净点儿。

串珠辫没想到我会真的借给她，一脸惊讶，但是她很快反应过来："谢啦！这下有救了，太感谢了！"

说完，串珠辫拿出自己的笔记本开始写作业。嗯？在我的书桌上写？这让人很恼火。

"去别的地方写！"

"不要嘛，马上就写完了。对了，那个大家伙——"

平常我肯定能继续忍耐下去，但最近黑猫不时地消失，已经挫败不堪的我听着对面漫不经心的言语，顿时火气冲天，把书重重地摔到书桌上。

"啊!"串珠辫吓得跳了起来。

此刻,沉睡在心底的乌黑浑浊之物似乎正吞吐着火舌,煽动着我。我站了起来,攥住串珠辫的前襟:"你不要太过分了!"

压抑的声音听起来还在颤抖。

"别以为你对谁都一副笑眯眯的样子,和谁的关系都不错,你骗不了我,我和那些傻瓜可不一样,你在隐瞒一些东西,我一眼就看得出来。"

串珠辫脸色煞白。

"我都知道,我都看出来了。你这个人根本不会把自己的真实想法表现出来,不论你是开心,还是兴奋,就连开玩笑,都是你表演出来的。你一直都在撒谎。你真让人恶心。"我低声说完,甩开串珠辫的手,松开前襟。

"仓木,你怎么能这么说话!快向明来道歉!"相泽沉下脸,对我怒目而视,毫不客气地向我走过来。

顿时,火光四射。班里的其他同学都看向这边。我罕见地带有攻击性地回瞪过去,一副打起来也不怕的表情。

"小巴,算了。"串珠辫轻声说。

然后串珠辫一脸受伤地看向我,接着对我微微一笑,唇角微颤着说道:"是谁告诉你的?是你那位看不见的朋友吗?"

○

说实话，我太大意了。

最近渐渐习惯了新学校，内心开始松懈了。那次之后我再没看到过黑猫，我开始怀疑是不是自己眼花看错了。本以为通过迂回进攻的方式对待小夜子，我们的关系会慢慢变好。她答应借给我笔记本，其实我非常开心，但没想到她接下来的话让我直坠深渊。她说得尖酸刻薄，若是平日我笑笑就应付过去了，这次我却没做到。

"你不要太过分了！"

我听到了冰冷无情的声音。衬衫被攥紧拉长。从身体接触的地方传来小夜子纠缠交错的负面情绪，那是愤怒、痛苦和厌恶。一片黑黝黝、黏糊糊的无底沼泽正咕嘟咕嘟地沸腾着，它冒着泡，马上就要迸发。升起的烟雾发出刺鼻的味道，让画面愈发真实。小夜子对我的敌意越直接，我反而越能够看透她的内心。然后，我发现了一个东西。小夜子的瞳孔里燃烧着熊熊怒火，火光里一双闪着绿光的眼睛在看着我。

小夜子的记忆片段在我的脑际萦绕。乌黑毛发的猫咪……

"别以为你对谁都一副笑眯眯的样子，和谁的关系都不错，你骗不了我，我和那些傻瓜可不一样，你在隐瞒一些东西，我一眼就看得出来。"她如同挥刀上阵的战士，无所畏惧地说道，"我都知道，我都看出来了。你这个人根本不会把自己的真实想法表现出来，不论你是开心，还是兴奋，就连开玩笑，都是你表演出来的。你一直都在撒谎。你真让人恶心。"

揪扯在一起的手被用力甩开，我打了个趔趄。

我的心中动荡不安。小夜子的真心话蜂拥而入，"厌恶"的情绪被这种蜂拥而入的激烈情感不断地冲击碰撞。

那句话让我悲痛至极。

而最让我身心疲惫的是，她说的是事实。

我在演戏。我一直在撒谎。

我是个让人恶心的家伙。

能够看到碰触之人的内心，真的让人恶心。

当然，小夜子并不是因为知道了真相才那么说，但我的内心依然受到了伤害，而且是重创，犹如被精准地命中要害。

"仓木，你怎么能这么说话！快向明来道歉！"小巴大声斥责她，生气地逼近小夜子。班里的其他同学都看向这边。小夜子一副咬牙切齿的表情，凶狠地回瞪小巴。

"小巴，算了。"我从震惊中回过神来说道。然后，我重新看向小夜子，想要挤出一个微笑。

这时候我应该说声抱歉。我应该道歉说刚才自己有点儿过分。但是，连我自己也没注意到这次我受伤得如此之深，我脱口而出了小夜子最不想让别人碰触到的秘密：

"是谁告诉你的？是你那位看不见的朋友吗？"

教室里一片寂静。

))

听了这句话，我的大脑死机了。教室里的时间静止。

ni na wei kan bu jian de peng you。

我能听到声音，大脑却无法进行识别和理解。

不，不对，正因为大脑理解了意思才会死机，因为她怎么可能知道？

为什么？

为什么，为什么，为什么，为什么，为什么，为什么，为什么……

为什么你会知道？

黑猫。

黑猫是我最亲密的朋友。

"看不见的朋友……"

我听到旁边有一位同学不可思议地重复着这句话。

瞬间，我的记忆被拉回了过去。那是二年级快结束时的一天，在放学后的教室里。

那时候，除了黑猫我还有一个可以称之为朋友的同学。她姓天海，叫天海优歌，是一个呆呆傻傻的女孩，总是比别人慢一拍，但是她长得异常可爱，所以经常被别人欺负。她们不是把她的东西藏起来，就是故意模仿她那特殊的说话方式。她每天都要被这样小小地欺负几下。

我喜欢在教室的角落里读书，一贯不喜欢和周围的人扯上任何关系。和现在对所有人都厌恶至极不同，我那时仅仅是不知道如何和周围的同学接触而已。

一天中午的休息时间，我看见天海光着脚急得乱转。

我不禁觉得她很可怜。仅仅是觉得她很可怜，我应该什么都不会做。那时候我主动帮她是因为黑猫在我身边。

"我想到一件好玩的事。"黑猫对我说，"咱们一起找找这家伙的鞋吧。寻宝游戏，怎么样？好兴奋哪。"

兴奋个啥？

"玩嘛，玩嘛。我刚才看到有人把她的鞋子拿走了。两个人和一只猫分头行动的话，一会儿工夫就找到了。到时候咱们就能看到那人大失所望的表情喽。"

听起来确实有点儿令人兴奋，于是我也加入了寻宝分队。

那事之后，我们就经常一起读书，一起画画。与其说是一起，不如说是每当我读书或者画画的时候，她就会凑到我跟前。

我没有拒绝，但我当时很困惑。在我身边难道是一件很开心的事吗？

"因为在一起的两个人不容易被欺负呀。"黑猫说完，用爪子挠了挠耳后。

和她在一起后，我连带着也受了不少欺负。她们会一起戏弄我和天海。我对这些并不在意，或者说我认为在意本身就没有意义。但在二年级快结束的时候，发生了一件事。

我对天海不小心说出了自己的秘密。我以为她或许可以理解我。我还是太天真了。午休的时候，我对她说了黑猫的事。

她一下子愣住了。是啊，看不到的朋友，谁相信谁才是脑子出问题了。说不准她还会觉得是我的脑子有问题呢。但我还是很失落。

"算了，别在意。我有你就好。我并不在乎别人能不能看到我。"黑猫安慰我道。

我一边荡着秋千，一边重新打起精神。

事情发生在这事之后。

放学后，她笑着来到我旁边，打开涂鸦本，扬扬自得地向我展示她用黑色铅笔画的差劲的画。

"小夜，你的朋友是像这样吗？我试着画了画，像不像？他就在你身边是吧？虽然我看不到。"

她的声音在教室里回荡。好像有人过来问她怎么回事。

"这是什么？黑乎乎的。你刚才说仓木同学的朋友是怎么回事？"

她应该是很高兴有人主动和她说话吧。天海仔细地将我悄悄告诉她的秘密告诉了这个同学，将我有一个看不见的朋友的事，她画了黑猫的样子的事，我总是在心里和黑猫对话的事……

幸运的是，那时正好是学期末。升入三年级后，我就和天海分到了不同的班。这并不是天海的错。她只是缺根筋，并没有任何恶意。但是，我无法原谅她。

还有，我无法原谅嘲讽过黑猫的那些同学。她们可以嘲讽我的任何事，唯独黑猫这件事，我无法容忍。

因为他既是我的亲人也是我的朋友。

教室里宁静得仿佛被冻结了一般，唯一能听到的就是自己讨厌的呼吸声。

"你……你……究竟……"我嘴里挤出几个字，声音干巴巴的。

串珠瓣赶紧收起微笑。她手脚慌乱，不知所措地说道："啊，不是，我没有……"

没有？说什么没有。

我一下扑到串珠瓣的身上。敏捷的相泽马上抓住我，说道："仓木！冷静一点儿！"

"放开！放手！"我大喊道。脑子里不断闪现着各种片段。

天海很开心的笑脸，在窃窃私语的班里同学，嘲讽声，黑猫失落受伤的眼神，从客厅透进来的亮光，各种说话声——"如果我没多嘴就好了。""好像长大了就慢慢消失了。"还有黑猫在我的房间看向窗外的，说着"我是不是不该出生"的画面。

意识开始模糊。呼吸困难。身体无法动弹。

耳朵像溺水一样，我听到串珠瓣的喊声从很远的地方传来。

"小夜子！你没事吧？"

没事吧？怎么可能没事。

我哪里都有事。

因为你。

眼前人影模糊，两眼发黑，我晕了过去。这是过度呼吸综合征。

○

教室里乱成一锅粥。有人马上去叫坂井老师，有人把小夜子抬到医务室。坂井老师把我和小巴，还有当时在旁边的几位同学叫到一起询问发生了什么事。

小巴说是小夜子先生气的，然后小夜子还对我说了很过分的话。其他几人也附和，大家都站在我这边。确实，我既没有动手，也没和她发生争执，只说了一句话。但我很清楚那句话对小夜子的打击有多大。

"三桥，你到底说了什么？"

我犹豫着要怎么说，呆呆地低头盯着鞋尖，我开口道："她说话很过分，然后我就生气了，不小心对她说了不好的话。虽然我是不小心说的，但是那句话也许对小夜子来说是很严重的话。"

"你具体说了什么？"

我看向其他人。其他人一声不吭。我接着说道："老师，那是我们的隐私，不能说。"

坂井老师叹了口气，挠挠头说道："如果你们是校园霸凌的话，老师不能不管。"

"不是霸凌！"杉田她们马上否认，"反倒是明来想要和仓木搞好关系。"

"我知道了。"坂井老师点头说道，"但是仓木似乎并不觉得高兴。"

"所以说还是仓木有问题……"小巴吞吞吐吐地说道。

坂井老师耸耸肩，说道："等仓木醒了我会再问问她。你们先回教室吧。记得要交数学作业。"

"抱歉，我忘写了。"我实话实说。

最后，小夜子提前离校了。坂井老师对我说，希望我把两人的关系搞好。搞好关系？说得简单，小夜子能不能原谅我都是个问题。

为什么我对小夜子这么执着呢？她好像很讨厌我。要不放弃吧？其实全班有一个人和我关系不好，这也不算什么。能看到人心什么的，本来也不是万能的。怎么说我也是个孩子，即便有什么事情做不到也没什么丢人的。

一瞬间，我这么想道。然后，我发现自己变得很懦弱。我这是怎么了？怎么能气馁呢？这才刚刚开始而已。自己不是发过誓，以后做任何事情都要拼尽全力吗？"当初我要是说了那句话。""当初我要是做了那件事。""当初我要是好好努力的话。"难道还要在失去的时候，流着悔恨的泪水这么哭诉吗？在妈妈和爸爸分开的时候，自己不是说过最讨厌那样的自己吗？

我握紧拳头，指甲陷入手掌里。

"明来？"

"哎哟！"

突然身后有人叫我，我差点儿吓得跳起来，回头一看，身后站着衣着打扮一如既往地像从少女杂志的封面上走出来的美咲。

"什么事啊？你吓死我了！刚才心脏都要被吓出来了。"

"我有话和你说。"美咲说道。

她的表情很严肃，与平日被那群奉承之辈前呼后拥时脸上挂着的微笑截然不同。我打起精神。

中午休息时间，手工室里一个人都没有。不知道美咲为什么选择手工室，也许是没人的地方都可以吧。

她用探究的眼神看着我，似乎想从我的身上看出什么东西。不愧是六年一班女生中的领军人物，那认真的表情颇有领袖风度。

"怎……怎么了？你这种表情让我怕怕的。"

她完全没理会我的插科打诨，径自问我："你从哪儿听说的仓木的那件事？"

仓木的那件事？

"啊，仓木的什么事？"

美咲用快要穿透我的锐利的目光盯着我，说道："别装糊涂了。刚才你说了'看不见的朋友'，这是谁告诉你的？"

"哦哦，我还以为你说什么呢，我确实说过，但并没有什么意思……"

"你不说是吧？我知道了。"

什么叫我不说？这本来就不是别人告诉我的啊……

这时候我才发现一件事。

原来美咲也知道小夜子有个看不见的朋友这件事。所以，她以为我是从别人嘴里知道的。估计她做梦都想不到那是我自己窥探到的，我能看到小夜子的内心。

啊？不对。让我好好捋一捋。也就是说还有其他人知道小夜子有个看不见的朋友这件事？

"怎……怎么回事啊？"

美咲用清澈的眼神盯着我，然后叹了口气，说道："你如果真不知道，我可以告诉你，但你绝不能告诉其他人。这件事就到此结束。我决不允许旧事重提。"

美咲说到"决不允许"的时候似乎非常恐惧，我连连点头。

然后，美咲对我说：

"我是三年级的时候开始和仓木同班的。那时候仓木就非常喜欢读书，而且读的都是大人才读的那种很复杂的书。我是个不爱读书的人，但我哥哥非常喜欢读书，他一年能读三百本左右。所以，我很钦佩爱读书的人。

"于是，我想和仓木拉近关系。但怎么形容她呢？她好像在刻意地与人保持距离，或者说是在自己面前设置了结界，别人一旦靠近她，就会被反噬回原地，所以我根本无法接近她。

"她有时会被其他同学嘲笑'看不见的朋友'什么的。"

美咲说到这里顿了下，一脸探究地看向我。我努力做出一副很吃惊的表情。

"我当时有很多朋友，虽然有点儿自夸，但是老师确实非常喜欢我。大家都觉得与我为敌不是件好事，所以我去问那些同学到底怎么回事，她们马上老老实实地告诉了我。那些同学都是二年级时和仓木同班的同学。

"据她们所说，二年级最后一学期快结束的时候，似乎是优歌说了很过分的话。就是天天装可爱，呆呆傻傻的那个。她说她亲耳听到仓木说自己有个'看不见的朋友'。

"那些人说仓木同学本来朋友就少，这个素材简直就是送到嘴边的笑料。虽然没有到校园霸凌的程度，但仓木好像时常因为这件事被嘲讽。据说她平常都是一副冷冷的样子，但是只要提到这件事，就会满脸通红。也许她们觉得这样很有趣吧。

"我警告那些人不许再欺负小夜子，如果我发现有人那么做了，我会让她的朋友们孤立她。你知道的，我做这些事一直很得心应手。"

她轻声一笑，声音里带着些许落寞："关于看不见的朋友这件事，我后来问了我哥哥。我说过我哥哥读过很多书，非常博学。他和我解释，那叫假想的朋友。"

"假想的朋友？"

"对，就是想象出来的朋友。据说在日本这种人不多见，但是在国外有很多。尤其是在没有兄弟姐妹的女孩身上。咱们小时候也给布偶取过名字，和它们一起做游戏，不是吗？这种假想的朋友类似于没有实体的布偶，我觉得这样说更好理解一些。据说他们是因为渴望朋友，所以在脑海中创造出了一个朋友，这个朋友似乎可以思考，可以说话，创造它的主人可以看见它。"说着，美咲加重了语气，"所以，这不是一种病。这也一点儿都不奇怪。那个朋友谁都可以想象出来。这是一件很平常的事。据说这是想象力丰富，感受能力强的表现。"

她轻叹一口气后，继续说道："还有，究竟仓木同学有没有假想的朋友，实际上我并不清楚。也许只是那些同学正好那么说。这种事不问本人的话谁都不知道真假。"

美咲说到这里耸了耸肩："最终，我还是没和仓木成为朋友。"

我默默地听着。我做的那些事似乎比我想得还要过分。我让小夜子回想起了不堪回首的过往，导致她呼吸过度晕倒。

还有，假想的朋友，我看到的黑猫原来就是这个。他是小夜子想象出来的在她内心的朋友。

我突然想到一件事，赶忙问道："小夜子知道这个吗？"

"这个？假想朋友这件事吗？她不知道。"

我摇摇头，说道："我说的是你出手帮小夜子的事。"

她一副无所谓的样子说道："啊，她应该不知道，我的手段很高明的。而且，我也不想让她知道，现在我并没有想和她交朋友的想法。但是——"

说到这里，她目光锐利。

"如果你用这件事嘲讽仓木同学的话，我希望你能反思一下，不要有下一次了。这么做并不好。"美咲说完走出了手工室。

我一个人被留在了手工室里。然后，我抬头看向墙上挂着的蒙娜丽莎的画像。

我似乎并没有真正地了解美咲这个人。她确实是对自己人很和善，对敌人很凶残，但那是为了保护自己宝贵的东西和重要的朋友。虽然手段严苛，方法现实，也称不上正当，但美咲确实帮助了小夜子。

我和她相比，又做了些什么呢？

窥探别人的内心，借助这种令人恶心的力量，撒着谎，演着戏。我欺骗了大家。我还觉得这样挺好，只要能和周围的同学搞好关系，只要不被其他人厌恶就行了。我越来越没有自信了。

我做得对吗？我是不是做错了？

不仅如此。我还窥探了小夜子的内心，把她最重要的秘密抖了出来。这属于滥用力量。我做得很过分。

我太混蛋了，超级混蛋。

蒙娜丽莎微笑的脸庞缓缓地出现在我眼前，我轻轻地揉了揉眼睛。

醒来后，我发现自己躺在医务室的床上。白色的天花板、奶白色的窗帘、淡淡的消毒水的味道。

我回想刚才发生的事。串珠辫说要借笔记本，我无奈地借给了她。她一直絮絮叨叨地说个没完，让我神经发紧。啊，对，然后我崩溃了。黑猫不在身边之后，我一直紧绷的神经被她这么一刺激直接崩断了。然后，她……

我想起了串珠辫受伤的表情，还有那微微一笑。

——是谁告诉你的？是你那位看不见的朋友吗？

我的嘴里泛起一阵苦涩。

对，就是因为这句话，我心里惊慌失措，呼吸困难，然后就……

"醒了吗？"枕边传来轻柔的声音，是黑猫的声音。

"不是说在学校不要说话吗？"我小声嘀咕道。

"帘子里就你和我。"

我翻过身，看向声音传来的方向。黑猫挺直腰坐在我旁边，碧绿色的眼睛向下看着躺在床上的我。

"对不起啊。"他用沉稳的声音对我说，"我没想到会变成这样。"

我说道："她不知道什么时候知道了你的事。也许是有人和她说了我以前的事。"

黑猫摇摇头，说道："不是。你还记得她转校来的第一天，你拍掉了她的手吗?"

我点点头："因为我讨厌她碰我。"

"从你碰了她之后开始，她好像就能看到我了。虽然不能完全确定，但还是得加倍小心。她既然能看到我，如果哪天被她听到你和我说话，说不定会引起骚动。我不想你出事。"

"谢啦。不过不想发生的事终究还是发生了。"我讽刺地一笑。

黑猫接着说道："我想暂时躲起来，好好观察一下她。不过，她今天的话说明她确实能看到我。"

"怎么回事啊?"我低声嘟囔，"你不是我心里的一部分吗?"

黑猫点点头，说道："是啊。我是从你的梦中创造出来的，是你心里的一部分。而那个女生——明来，她可以看到碰触之人的内心。"

可以看到碰触之人的内心?

黑猫接着说："谜底解开了。这就是她可以轻松地和别人搞好关系的原因，也是她肢体接触过于频繁的原因。所有的事情都能说通了。那人通过与人碰触来窥探人心。"

"这怎么可能……"我惊讶得不知道说什么。能看到碰触之人的内心……

黑猫垂下眼帘，低头说道："都是我的错。是我给你带来了这些怪事，还破坏了你们俩可能发生的朋友关系。"

"你说什么呢？"我内心忐忑不安，"还有，我怎么听你的意思是说我和那个傻瓜应该成为朋友？"

"她能理解你的痛苦，你也能理解她的。就是这种背负着不能说的秘密，孤独一生的痛苦。"

我大受打击。

"背负着不能说的秘密？秘密指的是你吗？你的意思是说我把你当成了我的负担？"

黑猫温柔地看着我，就像小时候爸爸妈妈看着我的目光一样。

"别说傻话了。你是支撑我走下去的动力。你知道你不在的时候我有多受伤吗？你知道你的存在让我得到了多大的救赎吗？这些你不知道吗？"

黑猫沉默地看着我。碧绿色的眼睛清澈无瑕，犹如寂静的湖面，平静安详。最后，黑猫用温柔的声音说道：

"小夜子，你要和明来成为好朋友啊。"

"啊？"我不由得发出声。

这时，黑猫凭空消失了，隔开病床的帘子被人拉开。

"仓木同学，你醒了吗？感觉怎么样，有没有哪里不舒服？"

我直起上半身，向医务室的医生摇摇头。似乎是为了让我更安心，医生笑着说："好吧。你还记得自己是怎么晕过去的吗？你好像是和同学吵架后过于惊慌，引起了过度呼吸。现在没什么不舒服的吧？"

我微微摇头。医生接着说："那就好。现在我叫坂井老师过来。"

坂井老师来的时候脸上带着一副少见的严肃的表情，他问了我几个问题，我随意答了答。比方说问我是不是被霸凌了，我听了都快要笑死了。问这个有什么意义？我就算真的被霸凌了，作为班主任的他也帮不到任何忙。

"你还没吃午饭，如果你不想回教室的话，今天可以早点儿回家。"

我眨眨眼表示同意。

"但是，等你心情好了，还是要和三桥和好啊，她一直都很关心你。"

真是多管闲事。

我决定早点儿回家，于是老师联系了妈妈。据说妈妈听了事情经过后说她今天也会尽量早点儿回家陪我。其实妈妈不用这样，我知道她工作很忙。

医务室的医生开车送我回家。

一回到公寓五楼的家，我就呼叫黑猫。我想知道他那句让我和串珠辫做朋友的话的真正含义是什么。从他口里竟然说出这种话，我真想把这当成一个恶劣的玩笑。

但是，黑猫没有出现。

我叫了好几次，他还是没有出现。连个影子都没有。

好奇怪啊，我歪头疑惑道。这又不是学校，他为什么不出来？而且只有我一个人。他是不是藏在哪里了？

我像小时候玩捉迷藏一样，把家里的各个角落都找了个遍。我打开衣柜，我确认了椅子底下，我又爬到床底，哪里都没有找到，就像这个东西从一开始就不存在一样。

我坐在房间的床上等着黑猫出现，等着他像往日一样从窗户跳进来，调皮地看着我说："对不起，对不起，我绕道去了个地方。"但是，黑猫始终没有出现。

天黑了，妈妈回来了。对于她一连串的询问和关心，我随声附和着。为了让她放心，我还和她一起吃了晚饭。晚饭后，我再次回到自己的房间，躺在床上。

我根本无法入睡。窗外，月亮一点点地移开。终于，天亮了。

——你要和明来成为好朋友啊。

我想起那时黑猫的目光，那是澄澈、平静、怜惜的目光。

房间里模模糊糊地有了亮光。天亮了，朝晖从窗户射进来，照亮了墙壁。

我终于明白，黑猫不会再回来了。

○

和姥爷他们吃过晚饭后，我急忙回到自己的房间，换了睡衣，坐在榻榻米上。

今晚我只吃了一碗饭，姥姥好像很担心我。姥姥，抱歉让你担心了。

我突然叹了口气，抬头望向天花板。

明天去了学校，还是和小夜子道个歉吧。

即便她不原谅我，我也要真诚地向她道歉。不去窥探她的内心，说出自己真实的歉意。也许她会对我态度强硬，那样也无所谓。我应该向她低头道歉，真诚地解释自己确实做得非常过分，对她造成了非常大的伤害。

如果有必要，我可以把自己有特殊力量的事告诉她。那样或许会传出关于我的奇怪的传闻，但那也没办法。这是我伤害小夜子的报应。我知道了小夜子的秘密——假想的朋友这件事，然后利用这个秘密伤害了她。所以，我把自己的秘密告诉她，我们就落到了同一个地步。打成平局了。

当然，那样做相当于把自己的弱点暴露了，但我认为这才能体现自己的诚意。如果一味地考虑自己，先把自己放在安全范围内，那无论我怎么道歉，小夜子也感受不到我的歉意。

我左思右想，渐渐进入梦乡。

但是，第二天，小夜子没来学校。

第三天，第四天，小夜子依然没来学校。

然后一周过去了，运动会也结束了，小夜子依然没有出现在学校。

坂井老师把我们几个叫出来，询问了好多次"你们到底发生了什么事"。老师说似乎小夜子一直躲在自己的房间里不出来。我大吃一惊。小夜子躲在房间里不出来？我对她的伤害究竟有多大，都到闭门不出的地步了吗？

其他人还是异口同声地包庇我，这是过去一个月我培养出来的友情和羁绊，这些东西在保护着我。但是她们越是这样，我越是觉得自己很卑鄙。

上学对我来说成了一种煎熬。班里的同学还是一如既往地对我笑脸相待。还有人觉得很开心，他们觉得班里少了总是一脸不高兴的小夜子是件好事。就连美咲也是一副似乎什么都没发生的样子，她应该担心小夜子才是啊？

班里的同学以我为中心凝聚在一起。

我从来没有这么游刃有余。

在与小夜子无关的地方。

在与我的心无关的地方。

只有优歌不一样。

我正两手托腮地出神，突然听到了坐在侧前方座位上的优歌和小巴在说话。

"小巴，我们一起去看望小夜子吧。"

"别想了，优歌，说不定会吃闭门羹。"

"但我不想一直看不到小夜子。虽然我们的关系不好，但是就算关系不好，我也希望能和她在一个班。"

"你别管了，我们也没办法。"

优歌噘起嘴说道："你不喜欢小夜子才这么说。"

小巴从笔记本里抬起头，说道："我的意思是——"她瞥了我一眼，我赶紧看向外边。

小巴压低声音，试图说服优歌："仓木确实受到了伤害，但是明来也没有恶意啊。我觉得仓木也有不对的地方。你当时是不在现场，她真的对明来说了很过分的话。"

优歌不服气，想要反驳，小巴制止了她：

"明来好像也原谅小夜子了，这我就不说什么了。如果小夜子回来学校，咱们就还和从前一样对她，就像什么事情都没发生过一样。如果我们过度在意她，说不准会让她更烦呢。"

"但是什么都不做，我觉得太无情了。"优歌说道。

小巴点点头："也许吧。我们不知道仓木为什么反应那么大，如果就这样贸然上门，也只是再一次让她受伤罢了。"

"是这样吗？"优歌一副想不通的样子，"如果我们什么都不做的话，那就什么都不会改变。我们绝不能就这样默默地等待。"

"优歌你是这么认为的，但我觉得还是忍忍比较好。"

该选择哪种呢？是什么都不做，然后什么都不会改变这种？还是绝不默默地等待？或者是忍耐着，等小夜子自己重新站起来？

"明来！"

听见有人叫我的名字，我马上抬起头。不知什么时候，优歌来到了我的书桌前："你评评理，小巴完全不懂我的意思。"

"优歌，你别烦明来，她也烦着呢。"小巴随后说道。

优歌无视小巴继续说道："明来，小夜子一直不来学校，你能接受吗？如果以后再也见不到小夜子怎么办？"

以后再也见不到小夜子？这句话让我的心脏骤冷。因为我说了过分的话，以后再也见不到小夜子了这该怎么办？

"你肯定会后悔终生的。你不是一直想和小夜子成为朋友吗？"优歌说道。

我下意识地摇摇头。

"那我们一起去探望小夜子？我做一些甜点。仓木同学喜欢吃甜食，我记得她二年级的时候说过。"优歌像春日的阳光一样微笑地说道。

本来是和煦的日光，但对现在的我来说太过耀眼。我不由得泄气道："我去合适吗？本来就是我引起的。"

"我也不知道……"优歌说。

不要说不知道啊？好歹鼓励一下我，我正这么想着，她突然垂下眼睛，说道："我也和你一样。因为我也有件事必须和她道歉。"

"有件事必须道歉？"

优歌到底在说什么，我完全没听明白。然后，优歌握住我的手，我看到了她充满悔恨和悲伤的记忆。

"你知道吧，关于仓木同学那个朋友的事情？"

我惊讶得睁大眼睛。

"所以，咱们一起去吧。"

自从黑猫消失之后，我整日整夜地待在房间里不出去。妈妈尽量早早地结束工作回家。她一直问我到底发生了什么事。我不说话。她给学校打了电话，好像知道了我是因为和同学吵架才不去学校的。但是我感觉这些事情对我来说已经非常久远了。怎样都无所谓。

妈妈最后没辙了，对我说："小夜子，你不想上学咱们就休息一下，等你心情好了再去。但是哪天你想说了一定要和妈妈说。妈妈平常没怎么陪你，也许没法让你依靠，但是妈妈无论什么时候都站在你这边。"

撒谎。

妈妈你明明和我是敌对的。

但是黑猫不见了，现在这些都无所谓了。

"天气不错啊。今晚应该能看到好多星星。"我望向窗外，对着消失的黑猫自言自语道，"对了，好久没半夜去散步了，咱们要不拿点儿甜品去公园走走？"

没人回答。当然了。

即便如此，我继续对着虚空说道："你好歹回我一声啊。我好难受。今晚妈妈做了奶油炖菜，没有你的份哟。"

往常我可以听到"你好卑鄙""啊，等等我"这种着急的喊叫声，现在只有沉默。

我在做什么啊？把自己关在昏暗的房间里，对着消失的朋友自言自语……

"你为什么会不见啊？"

门铃响了。

我假装没听见。但是门铃继续在响。叮咚、叮咚、叮咚……好烦啊！没完没了，讨厌死了。家里没人。爸爸和妈妈都去上班了，连黑猫也不在了。

我也好想消失……

门铃还在响。

我不再假装没人，万一有紧急的事就糟了。我用袖子胡乱地抹了抹眼睛，勉强走出房间，按了可视电话通话键：

"你好！"

"是仓木同学家吗？"一个慢吞吞的声音传来，"我们是甘绳小学六年一班的天海和三桥……啊，明来，后面怎么说来着？”

“问小夜子在不在。”

“啊，对哟。小夜子在家吗？我们是来探望她的。”

探望？别说笑了。

我本想假装妈妈的样子，说些“不好意思，她说不想见你们”之类的话拒绝她们。

但是……

——小夜子，你要和明来成为好朋友啊。

我下意识地按了开门的按钮。

○

“太好了，门开了，明来！”优歌高兴地蹦蹦跳跳，“第一关通过！小巴说会吃闭门羹什么的，你看完全没有。”

“好了好了。接下来别掉以轻心。”

“遵命！明来队长。”

“别别别！咱们可不是来探险的。”

我们穿过单元门，乘电梯准备上五楼。虽然刚才说着俏皮话，但我其实非常紧张，只是假装不紧张而已。转学第一天也紧张，但是完全不能和现在相比。

优歌说:"明来,你怎么了?你是不是在紧张?"

想不到她这么敏锐。我笑了笑。

"那当然喽。"我尽量表现得很欢快,"我可是小夜子不愿意去学校的罪魁祸首。说是探望,其实是来谢罪的。我得有责任感。再说了,如果小夜子的父母知道小夜子现在这个样子都是我造成的,我这次能不能活着回去都难说。"

优歌咯咯地笑了:"明来你好有趣啊!怎么可能会发生那种事。"

"我明白。"

"你以为人会那么容易就死掉吗?你大错特错了。"

我们出了电梯,摁了 507 室的门铃。我咕咚咽了口唾沫。门没有开。优歌大声喊道:"仓木同学!我们来玩——"

"说错了,我们不是来玩的。还有,你这么大声会让邻居生气的。"

"我们带了甜品哟!"

"优歌!你听见没?小声点儿!"

"可是,会不会是门铃坏了,仓木同学没出来啊?"

"她可能在准备。也可能是家里的其他人开门。"

"才不会。刚才就是仓木同学本人。"

是吗？毕竟隔着机械设备，我也不确定。

"真的吗？"我问道。

"真的。你相信我，我的直觉——"

"直觉啊——"

这时，门锁转动的声音响起，我们俩赶紧闭上嘴。门突然开了，小夜子出现在门后。

她看起来瘦了些，穿的是白色的睡衣，应该是家居服。她双眸凝滞，眼下有黑眼圈。黑眼圈在她白皙的皮肤上显得更黑青。及腰的秀发没有如往常一样编起来，而是直接垂了下来。

"吵死了。"小夜子说道。

她带我们来到客厅。她的父母好像都不在家。屋里收拾得很整洁，东西看起来很少。小夜子从冰箱里拿出果汁，倒了三杯。

"欸，你家里人呢？"优歌问道。

"在工作。他们都很忙，在家里基本碰不到面。"小夜子一边盖上果汁瓶的盖子放回冰箱，一边说道。

"我觉得挺好的。爸爸和妈妈在家，我反而不自在，他们在家我会觉得很麻烦。周六日最难熬了，我就待在房间里不出去，或者是出门不在家。"然而现在是闭门不出。小夜子轻描淡写地说道。

"这样啊。"

小夜子好像并不想念她的父母。不知道为什么，听了之后我的心情很复杂。优歌好像也是如此。

"晚饭什么的，你怎么办？"

"妈妈回来的话就一起吃，不回来的话她一早就会给我做好。"然后小夜子轻轻地耸了耸肩，"其实她完全没必要这样做，本来就够忙的了。为了完美地兼顾工作和家庭，每天都把自己搞得紧紧张张的，一脸疲惫。真是太傻了。"

这话虽然说得刻薄，却从声音中能感受到些许悲伤。

优歌像是突然想到什么似的，从书包里拿出一小包东西放到桌子上。那个东西的包装很可爱。

"我烤了点儿饼干，你们要不要尝尝？"

我们开始坐着吃饼干，饼干脆脆的，很好吃，屋里的气氛却很沉重。

小夜子没有了在学校时那种刺儿刺儿的感觉，也许是她太累或者是情绪低落的缘故，反正看起来和以往不同。现在的她与其说是躲在厚厚的壳里，更像是坠入了深深的洞穴里。

"你们今天来有什么事？"

我和优歌四目相对。

"我是来道歉的。"优歌说道。

"来道歉？"小夜子一副无所谓的样子反问道。

"那天你们俩吵架的时候我不在场，后来我问了小巴。仓木你是因为明来说了看不见的朋友才受打击的，是吧？"

小夜子呆呆地听着。

"明来也有检讨自己，但归根结底，是我的错。二年级的时候，明明是小夜你悄悄告诉我的秘密，我却说给了全班同学。后来我听说你因为这个被大家欺负，但我因为害怕，一直没有向你道歉。我总是搪塞自己说反正已经是过去的事了，然后假装没看到你遭遇的那些事。"

不知什么时候，优歌把小夜子叫成了"小夜"。她抽抽鼻子，声音里带着哭腔，接着说道："对不起，我一直想和你说对不起。我不知道明来是从哪里知道的这件事，但是如果一开始我没有说的话，现在也不会发生这种事。全部都是我的错。"

看着眼泪夺眶而出的优歌，我再也忍不下去了，和优歌一起咚的一声跪地，低头谢罪，额头几乎碰到了地板。

"小夜子，对不起，我伤害了你。我明知会伤到你还那样说。我那时候心里也很忐忑不安，但我不应该说那种话。"我边说边抬头看向小夜子，她一脸疑惑。

"我不会说让你原谅这种自私的话，我只是想向你道歉。

真的对不起。"我满怀歉意地说道。

"对不起，小夜。"优歌也紧接着说道。

小夜子沉默良久，像是在考虑如何措辞，然后慎重地说道："你们这样严肃地道歉，搞得我也不知道该怎么办……其实我无所谓……"

我愣住了。优歌抽抽鼻子，也一脸不可思议。

"对于天海做的那件事，其实我没那么生气。虽然没法原谅，但我也知道你就是那种人，你根本没觉得你是在把我的秘密公之于众。"

"嗯……虽说……"优歌迟疑地说道。

"都是二年级的事了，现在你和我道歉，我也很迷茫。反正什么都无所谓了。"小夜子说完这些，重新看向我："还有你。"

"啊，在。"我不知道她要对我说些什么，内心十分忐忑。

"我也对你说了过分的话，咱们彼此彼此，我也不在意了。与其说是不在意，我现在对什么都无所谓了。"

"什么叫都无所谓了？那你为什么不去学校？我和优歌很担心你！"我忍不住地大声说道。

然后，小夜子用凝滞的眼神紧紧地盯着我："我想听的不是你的道歉，我想听的是真相。"

真相？

然后，小夜子瞥了眼优歌，好一会儿后，她叹了口气，对优歌说道："如果你真觉得对不起我，那我接下来说的话你要保密。"

优歌毫不犹豫地点点头。

然后，小夜子问我：

"你能看到别人的内心是吗？"

我的脑子里一片空白，下意识地说道："谁告诉你的？"真是不打自招。其实，她知道了也无所谓，我本来就打算告诉她，但我没想到她已经知道了。

"能看到是吧？"小夜子再次确认道，声音里带着一丝颤抖。她的瞳孔里有了些许光亮。

为了让她的心情好些，我说道："是的，对不起，我窥探了大家的内心。能和同学们那么快地成为朋友也是因为我有这种力量。"

我听到旁边的优歌倒吸了一口凉气。

"果然……"小夜子嘟囔道。然后，她换了一个问题："那你也看到了我的朋友，是吧？"

"看到了，是一只黑猫，所以我才唐突地说了那句话，并不是别人告诉我的。"

小夜子的眼泪扑簌扑簌地掉到桌子上。

"小……小夜，你怎么了？"优歌惊慌地问道。

但小夜子却突然站了起来，然后绕过桌子来到我旁边。

啊？她不会打我吧？

我全身颤抖，感觉她身上散发着阴森可怕的气场。

和我想的不一样，小夜子向我俯首拜托道："之前我一直对你冷眼相对，现在却要自私地拜托你，请你一定要帮帮我。"

她泪水满溢，话里满是殷切的期盼。

☽

"帮什么……"

我听到了串珠辫，不，三桥慌乱的声音。我低头继续说道："那孩子……就是……黑猫不见了。在我和你吵架的那天以后就不见了，可能再也不会回来了。"

我的眼泪夺眶而出，一滴一滴，逐渐在地上汇集成一摊。

"他是我的朋友，他从小一直陪着我。我受不了以后再也见不到他。那孩子……那孩子是我唯一的朋友，是我的伙伴。黑猫不见了，我真的就……就成孤单一人了……"我颤抖地、磕磕绊绊地说道。

"小夜子，你抬起头看着我。"三桥说道。

我抽抽鼻子，她的表情少见地严肃认真。

"如果我能做到的事，你让我做什么都可以，我发誓。"三桥直直地看着我，轻声说道，"小夜子，等找到你的朋友黑猫后，咱们也做朋友吧。"

三桥的话让我想起了黑猫说过的话。

黑猫为什么要那样说？冷漠、乖张、喜欢讽刺人的黑猫平日说的多是生吞人类等吓人的话，为什么那时候要用澄澈的目光看着我，要用温暖的让人落泪的声音对我说那句话？

——小夜子，你要和明来成为好朋友啊。

我有黑猫就够了。我只要这么一只从懂事起就陪着我的黑猫，其他都不需要。不在家的父母，聊不到一起的同学，那些怎样都无所谓。

我明白了。原来不能了，我不能永远依赖黑猫了。但是，我还是不想让黑猫消失。

"小夜子……"

三桥焦急的声音把我唤了回来。

"做朋友……？"我迟疑着。

"对，我还是想和小夜子你做朋友。请你不要说不可能，你好好想想。"

三桥的话里应该没有什么谎言吧，但我还是没能爽快地点头同意。

和这人成了朋友，也许黑猫就真的回不来了。

我有一种直觉。

"不可以，明来。"天海突然这么一说，我和三桥一齐看向她那边。

"朋友，不是说一句'做朋友吧'就能成为朋友的，而是在对方无助的时候给予帮助，这样才能成为朋友。你不该那样说。"

三桥顿时失语，天海接着说道："小夜……小夜你有没有把我们当朋友我不知道。但是我们很喜欢你，我们是你的伙伴。所以，你根本不是孤单一人。"

我什么都说不出，一时心不在焉。天海的脸上浮起软乎乎的笑容。

"是啊，对不起。优歌说得对。"三桥微微点头，"你不把我们当朋友也没关系。我们和你站在一起就够了。所以你别哭了，我们肯定帮你把黑猫找出来。"

我哽咽一声，尽力抑制自己的抽泣声。

"谢谢你们。"我终于说了这句话，三桥咧嘴一笑。

第三章
········

寻猫大作战

○

　　从公寓出来，太阳快要落山了。远处，夕阳把整个视野都染成了橙红色，还能听到咕咕咕的虫鸣声。感受到冷冷的秋风，我两手插到卫衣口袋里。

　　"这次来对了，真好，明来。"优歌一边背上书包，一边感慨道。

　　"嗯，但是更重要的是我们怎样才能找到小夜子的黑猫。"

　　优歌也认同地点点头："别担心，黑猫肯定会很快就出现的，他可是小夜的亲人。"

　　看着优歌愉快地哼着歌，我内心窘迫。

　　接下来怎么办？优歌是不在意还是假装不在意，我可是能看到别人的内心呀。

　　她不吃惊吗？

唉，之前从来没和其他人说过这个秘密，所以也不知道别人应该有什么反应。但正常来说，如果听到"能看到别人的内心""窥探了大家的内心"这些话，不是应该"哎呀"一声吗？这个"哎呀"可能有两种意思。

"这家伙说的什么呀？"这是一种意思。

"啊，真的？是说能看透我的想法吗？"这是另一种意思。

算了，我知道优歌不会这么想，但也总该有什么想法吧？

要不现在碰一下优歌，看看她心里的想法。

怎么有种很失礼的感觉？

唉，她一直都是那种默默地什么话都不说的人。

我这是怎么了？我果然是个自私自利的人，怎么说来着，这叫"自我保护"？

我太混蛋了。

"明来，你怎么了，一直不说话？"

"嗯？没事，那个，其实也没啥，怎么说呢？"

看着语无伦次的我，优歌露出一副不可思议的表情："明来你好奇怪。"

"哈哈，多谢，我就是奇怪的明来。"我笑着说道，打算打岔蒙混过去，但是优歌并没有笑。

"明来，我脑子不好使，你有什么事情就直接问我，你不说我是不会明白的。"

我有点儿犹豫，但还是忐忑不安地问道："怎么说呢，你不觉得恶心吗？"

"恶心什么？"优歌一副摸不着头脑的样子。

我吞吞吐吐地不知道该怎么说，然后优歌突然想到什么，恍然大悟地说道："哦，你是不是说黑猫那件事？看不见的朋友那件事？"

"唉，不是这个……"

"如果明来你觉得那件事恶心的话，我会很失望。"

听着优歌语带愤慨，我惊慌地说道："不是不是，我指的不是那件事，我完全没觉得那件事恶心。我说的是那个……"

"不是那件事？"

"是我的那件事。"

优歌张开嘴，一副疑惑不解的表情。

搞什么，真的什么都不知道吗？

"就是那个，可以看到别人内心那件事，刚才小夜子说了的。"

"嗯，她说了。但你为什么那么问？"

"为什么……"我语塞了。

优歌说道："明来你好奇怪。"

"哈哈，多谢——喂！别再玩了。我这么问是因为正常人都会那么想啊，觉得很恶心，觉得我那样做是在侵犯别人的隐私什么的。"

优歌渐渐地露出一副惊讶的表情："啊？明来，你不是可以看到别人的内心吗？"

"对啊，我们现在就是在说这个啊。"

牛头不对马尾。

"所……以……"优歌摆摆手，"你不是也能看到我的想法吗？知道我很紧张害怕，你为什么还要问呢？"

"啊——"

知道了，知道了。我知道问题出在哪里了。说起来好像确实没提到过那个环节。

"我要看到别人的内心，有一个条件就是必须碰到那个人的身体。所以优歌你在想什么，一般情况下我是不知道的。"

优歌听完我的话，立马抓住我的手。

她丝毫没有犹豫。

优歌的情绪从我们握着的手上传了过来，在触碰到我的内心之后，砰的一声破裂，四散成七彩珠。我的眼前出现的色彩犹如透明火焰的颜色，虽温柔却也炽烈。

优歌有点儿生气，生气我刚才对她的质疑。刚才我以为她会觉得我恶心这件事伤害了她。

里面的情绪并不只有这些。

还有对我坚定而夺目的信赖。

"你知道吗?"优歌说道,"现在能帮助小夜的只有你,只有你能窥探到她的内心,能够帮助她找到黑猫。小夜也是这么认为的,所以才向你求助。"

我不禁哽咽了。

对啊。

小夜子对我说了。

——请你一定要帮帮我。

正是因为知晓我的力量,她才请我帮她。

"对不起,谢谢你,优歌。"我说完,优歌微微地点点头,松开我的手。

"明来,我觉得你拥有能看到别人内心的这种力量,是件很辛苦的事情。你要碰触那么多人的内心,感受那么多人的情绪,知晓那么多人的想法……这根本是件没法做到的事情,而且——"优歌直直地看着我说道,"即便你现在没握着我的手,也能知道我的情绪吧?"

我点点头。

"这个力量还是很了不起呢。"优歌莞尔一笑,开始往前走。

我慌忙追上她。

"还有，你别担心，我绝对不会把你的秘密说出去，我发誓。"优歌眯着眼，看向夕阳下的天空，"我绝不会再次泄露朋友的秘密。"

）

妈妈下班回家后，我告诉她我明天就去学校。妈妈一副松了口气的表情。到底有什么可松气的。什么都还没解决呢。

女儿不去上学，也许是怕外面的传闻不好听？

"好的，你很努力了！"妈妈说着这些无关痛痒的话，摸了摸我的头。其实我很讨厌别人碰我。

她什么都不懂。我要努力的是接下来的事。没有黑猫的陪伴，我要一个人去上学，这让我非常缺乏自信。

当天晚上，妈妈的心情非常好，之前压抑的气氛柔和了很多，她比以往还要温柔。她越这样我就越觉得伤心。为什么会这么觉得？我不知道怎么用语言去形容。即便这些不是我所期望的，即便事情在朝着与我期望的相反的方向发展，但妈妈在我身上倾注了感情这件事是毋庸置疑的。

我还是和周六日的晚上妈妈在家时一样，早早地回到自己的房间，躺到床上，把枕巾盖到眼睛上，闭上眼睛。

小时候，每当我睡不着的时候，黑猫都会在我的枕边给我讲故事。他讲的都是冒险故事。主人公是绿眼睛、乌黑毛发、喜欢讽刺人的猫咪。"这不就是你吗？"我问道。"只是和我很像的猫而已。"他嘴硬地答道。

"有句老话常说：'猫有九条命。'人们以为这是说猫可以重生九次，实际上不是这样的。"黑猫不知道什么时候开始一边舔着自己前爪上的肉垫，一边说道，"其实猫可以重生无数次。但是猫没有常性，对活着这件事，总是坚持不到第十次就腻了。"

我问道："那活腻了的猫咪会怎么样？"

"睡觉啊，永远地沉睡下去。为什么会这样呢？这是因为猫最喜欢的事情就是睡觉。"

年幼的我听后有点儿怕怕的，于是我伸出手摸摸猫咪，指尖感受着猫咪软乎乎的毛和他的体温。

"你是不是还没活腻？"

"我吗？一点儿也没有。你放心吧。我哪会轻易地就死掉啊。"

"那你有一天会死吗？"

"怎么说呢……我是你梦想的化身，只要你活着，我就会活着。"

我紧紧地抱住黑猫，问道："那你会永远陪着我吗？"

黑猫的眼睛眯成一条缝，用温柔的嗓音说道："嗯，我会一直陪着你。"

秒针嘀嗒嘀嗒地刻画着时间。

他说谎了。

现在的床和那个时候一样，现在的天花板和那个时候一样，现在的睡前准备也和那个时候一样。唯一不同的，就是现在只有我孤单一人。我思念着黑猫。

第二天早上，妈妈做了法式煎面包片和热牛奶（这两样好像都是黑猫最爱的食物），我吃着早餐，神色忧郁。

——拜托你，请你一定要帮帮我。

昨天的话语的余响仿佛在背后指责我。

我好羞愧。怎么能向别人展示自己的脆弱？怎么能那么不成体统地依靠别人呢？我猛地闭上眼睛。

如果黑猫在的话，他会怎么说？

也许他会恨恨地讽刺我，也许他会笑着调侃我。

你说什么都可以，只要你回到我身边。

归根结底，就是因为他不在了，才会发生这种痛苦的事情。这么一想，我瞬间嗤笑一声。

今天的法式煎面包片抹上蜂蜜很好吃，热热的牛奶也很香。即便这个时候，我仍然觉得早餐很好吃。即便孤单一人，我的味觉依然在线，没有异常。

我把剩下的面包片包上保鲜膜放到冰箱里，在洗手台洗了脸，刷了牙，仔细地梳了头发，把头发编成麻花辫。黑猫不在，我的身体还是可以自如地行动。去学校的这一整套流程，即便我休息了那么久，依然做得熟练无比。

我一身白衬衫配马甲裙，外面穿上对襟毛衣，在玄关换好鞋子，背好放了教科书的书包，站了起来。我打开门，习惯性地右侧身半步，但是黑猫没有从我的脚边跳出来。

"我走了。"

这次只有我一个人的声音。依然没有人回应我。没有人回应，我无所谓，但是，在电梯门口看不到那双回头望向我的碧绿色眼睛，这让我很难受。

眼泪怎么都流不出来。

我想要按电梯按钮，手却怎么都抬不起来。

我真的要一个人去学校吗？

怎么感觉我还是像小时候一样？

不，不是。

我不仅仅是还像小时候，我发现自己根本没有长大。我从很久之前开始就没有变化了，依然还是那个孤单哭泣的小女孩。

即便那样，我那时候还有黑猫。

如果黑猫在的话，我就能站起来，我就能继续往下走。

我也能继续战斗。

我低下头，好想就这样消失，那样就什么也不需要去考虑；好想像已经活腻的猫咪一样，一直睡过去。

但是，黑猫已经不见了。

我现在是孤单一人。

——小夜子，你抬起头看着我。

我心里听到一个人的声音。

——小夜你有没有把我们当朋友我不知道。

——但是我们很喜欢你，我们是你的伙伴。

——所以，你根本不是孤单一人。

这个声音很温柔，很柔和，它动摇了我的内心。

——你不把我们当朋友也没关系。

——我们和你站在一起就够了。

——所以你别哭了，我们肯定帮你把黑猫找出来。

这个声音激情澎湃，铿锵有力。

然后……

——明天，咱们学校见！

"啊，对啊……这么说起来……好像是那样。"

我们已经约定好了。

我的胸中燃起一道光，这道光照亮了心中的阴影，这股暖流涌向我的四肢。

它带给了我微小的力量，力量虽微小，却是切实的力量。

我在借用别人的力量，我在厚颜无耻地依仗我曾冷漠相待的那群人的好意。曾经的我一定会鄙视现在的我。

但是，无所谓。

如果能再次见到黑猫，如果能不与黑猫分离，什么都无所谓。

　　我按下电梯按钮。电梯从一楼开始往上走。电梯楼层的数字亮了又暗，暗了又亮。

　　没关系。我还能战斗。

　　电梯门缓缓打开，白色的亮光从电梯里透了出来，照亮了五楼昏暗的走廊。

○

　　昨天离开小夜子家的时候，我们约定好了。

　　"明天，咱们学校见！"

　　但说实话，小夜子会不会真的来学校，我的内心充满疑惑。昨天说好了，今天又变卦，这不是每个人都会做的事吗？

　　我不是也是如此。

　　才过了一晚上，我就开始怀疑小夜子会不会改变主意。我们约定的时候，我是真心的，我相信小夜子也是真心的，但是现在冲动过后，我也冷静了不少。

　　总是在学校立起坚固防备、从不展露自己弱点的小夜子在我和优歌面前流了眼泪。她被逼得走投无路了吧，竟然在我面前低头，还向我求助说"请你一定要帮帮我"。

所以，小夜子应该不会不来吧？

我觉得小夜子的眼泪和约定并不是内心一时软弱之后的表现。但是，即便小夜子改变了心意，我依然不会责怪她。

不过，我想的这些都是杞人忧天。

小夜子就像什么事情都没发生过一样，穿着往日的白衬衫和马甲裙出现在教室，然后安静地坐在座位上看书，一副很难搭话的样子。她给人的那种不可触及的感觉比往日更甚。这倒也是。她应该也不知道该以什么表情出现在我们面前吧。

但是，我这下放心了。太好了，她来了……对不起，我不该怀疑你。

好惭愧！

"小夜，早上好！"优歌丝毫未犹豫地走近小夜子，用一副很开心的样子和她打招呼。

小夜子没有任何表情，她没有从书里抬头，但是她轻轻地点了点头。这真是很大的进步。

优歌向我招招手。我踟蹰不前。

我该怎么打招呼呢？这真是一个好难的问题。要不和之前一样"嘿"一声？我苦思冥想，最后什么都没能说出来。

这时，不知什么时候来到我旁边的小巴说道："明来，你不用勉强自己。优歌她太任性了，让你很为难吧。"

听到这句充满真情实感的话后，我忍不住笑了。拜小巴的这句话所赐，我突然放松下来，瞬间变轻松了。我用自己往常的语调说道："怎么会呢？我也是想和小夜子交朋友。"

小巴盯着我的眼睛看了会儿，然后耸耸肩膀。之后，她砰地拍了一下我的后背，我就那样被她推到了小夜子的书桌旁。

"早上好！小夜子。"我一副往日傻傻的样子，和小夜子打招呼。

我本想着会不会被无视，没想到她却简短地回复了我："三桥，早。"

"那个，关于黑猫那件事。"我压低声音说道。小夜子的手指捻着书页的边缘。

"他有没有可能在上学的路上或者在学校里？"我猜测道。

"我也这么想过，但是他不在那些地方。他是我心里的一部分，我觉得他不能离我太远才是。"

"心里的一部分？"优歌重复了一遍。

小夜子点点头，说道："对，黑猫这么对我说过。他说：'我是从你的梦中创造出来的，是你心里的一部分。'"

"从梦中创造出来的……"我想起了美咲说过的话。

——那叫假想的朋友……就是想象出来的朋友。

"想象出来的朋友"？黑猫说的"从你的梦中创造出来的"会不会就是这个意思？莫非黑猫自己也知道他是小夜子的假想朋友？

唉，这也不能和黑猫本人求证啊。

而且，详细来说的话，关于假想的朋友这方面我知道的也不多，就大概记得美咲说的那些。

美咲是怎么说的来着？"在脑海中创造出了一个朋友。""这种假想的朋友类似于没有实体的布偶，我觉得这样说更好理解一些。""这个朋友似乎可以思考，可以说话，创造它的主人可以看见它。"

我问道："小夜子，黑猫是从什么时候和你在一起的？"

小夜子沉思了一会儿，说道："嗯……这说起来比较复杂。我们第一次见面是幼儿园的时候，但他成为现在这种形态是在小学之后。"

这是什么意思？优歌听了也一脸困惑。

"现在这种形态？是说现在黑猫的这种样子吗？"优歌问道。

小夜子摇摇头，接着说道："他一直都是黑猫的样子。但是，以前他是有实体的，并不是只有我能看到的那种。"

"啊？你是说他是一只真猫？"

我这么一问之后，小夜子轻笑一声。

"他是一只黑猫布偶，是爸爸买给我的礼物，是我最珍爱的礼物，我走到哪里都会带着他。"

小夜子转头看向窗外，她微微皱眉，眯缝着眼睛。

"那一开始黑猫会说话吗？他是布偶的那时候。"

面对优歌的提问，小夜子一边思索一边说道："怎么说呢？我觉得他是布偶的时候没有像现在这样能清晰地和人对话。又或者是他说话了，我没有注意到……他就是一只普通的布偶。他能够说话，能够动起来是在他不见了以后。"

不见了？

"我带着他去公园的时候，把他弄丢了。那么一只可爱的布偶，也许是被谁拿走了。直到现在，我也不知道那个布偶在哪里。"小夜子嘟囔道。

我和优歌呆呆地听着故事。

唉，好可怜啊……欸？等……等等！

"欸？他被弄丢了？"我问道。

"是啊。"

"那黑猫布偶和黑猫这个假想的朋友有什么关系？"我接着问道。

"假想的朋友？"小夜子和优歌的疑惑声同时响起。

糟了，我不小心说出来了！

"明来，你说的是什么，是魔法咒语吗？"优歌好奇地问道。

"不是咒语。小夜子，你也没听过'假想的朋友'这个词吗？"

"我第一次听到，但我觉得它不是咒语。"

优歌深受打击。我继续说道："我是之前从一个朋友那里听说的。她说你的'假想的朋友'就是在自己的头脑里创造出来的一个朋友……这似乎并不是一种病，据说在日本这种人不多见，但是在国外有很多，她好像是这么说的……"

我的声音越说越小，因为小夜子正目光炯炯地看着我。怎么说呢？她一副发现了重要之事的样子……

"怎……怎么了？"

"你的意思是说，除了我之外，世界上还有其他人也有看不见的朋友是吗？"

"好像是这样。美——我朋友是这么说的。"我还是没有说出美咲的名字。她似乎并不想让小夜子知道她帮助小夜子的事。我们怎么说来说去说到这里了？

我可不想惹美咲动怒。这方面以后还是要多多注意才行。

"那既然如此，是不是也有假想的朋友消失的案例？我们通过查找那些案例是不是就能找到寻找黑猫的办法了？"小夜子说道。确实如此，她说得有道理。

小夜子的黑猫如果真的是假想的朋友，那岂不是有前例可循？寻找黑猫的方法肯定也有人知道。

"确实如此。嗯，我去查一下，也许我朋友可以帮我们。"

"拜托了！"

我心里一紧。也许是因为小夜子一脸认真、干脆利落地对我表达了感谢吧。

小夜子没事吧？这一点儿都不像她。她别变回以前那个样子就好了。

"虽然那个假想的朋友，我没太懂是什么意思……"一直在沉默的优歌怯怯地说道，"但是我想到了一个办法。"

☽

坂井老师看到我回来上课后似乎松了一大口气。不仅如此，他在看到我和三桥、天海（看起来很亲密地）一起说话后，大吃一惊，似乎是惊讶在他不知道的某个时刻发生了什么他不知道的事。但是坂井老师没有追根究底，他没有去做那些无聊之举。

上课的时候，我一点儿都听不进去，脑子里一直在思考黑猫的事情，还有就是我毕竟休息了三周，说实话老师在讲什么，其实我听不太明白。

所以我基本放弃了听课，在下课铃声响起之前一直思考着天海说的那个办法。

"咱们去小夜和黑猫充满回忆的地方找找，怎么样？"

充满回忆的地方啊。

爸爸送我黑猫布偶的那条商业街上的那家玩具店？一起散步的公园？说着"我只是看看"结果却赖在那里不走的那家鱼店？还是那家坐在那里不走的车站大楼的书店？

如果是这些地方，我可以想出很多，说一天都说不完。

如果有人和我说黑猫会在那些地方，我的内心深表怀疑。

黑猫即便要找一个地方藏起来，他也会找一个很刁钻的地方。

小时候我们在玩捉迷藏时他就是如此，他藏的那些地方虽说不好找，但最让我懊恼的是那个地方其实并不难找，为什么当初自己就是没有想到呢。

是啊，他就是这样。我到处找，想到的地方都找了个遍，直到天黑之后，还是找不到，我一个人孤孤单单的，只好哭着说自己输了。这时，他嘿嘿地笑着走出来，还嘲笑我找不到他。

他真的很坏。他这种坏心眼的家伙怎么可能藏在"回忆之地"，等我去找他，然后我们感动地相拥而泣呢？

但是，重返那些充满回忆的地方这件事本身并不是件坏事。

即便在那里没有找到黑猫，我也可以再次重温和黑猫的往事，说不准可以找到一些寻找黑猫的灵感。就算找不到灵感，三桥和天海也许能帮忙找到一些线索之类的。

但是……

我抱紧双臂。

所有的这些都是建立在"黑猫并不是真的消失了"这种假设之下。

我们所有的想法都是出于"他只是藏在某个地方了"这种乐观的推测。

他也许真的不在了？真的消失了？之前他和我说过，猫咪在活腻了之后就会死去，永远地沉睡。因为太过害怕，我从来不敢去想这种可能性。

他不会活腻的。他很会享受人生（或者说是猫生）。他很喜欢说冷笑话。他总是能想出各种离奇古怪的游戏。他总是在我吃饭的时候看着我吃饭，然后一脸满足地舔舔舌头，有时还会发表一些自己的见解。

即便是活千年万年，他也会好好地享受美好的生活。虽说他不会厌倦生活，但我想到了一个他放弃活着的理由。

那个喜欢讽刺人、爱说些生吞人类等吓人的话的乖张的黑猫，如果是为了我，他会欣然赴死。

黑猫最后说的那句话。

——你要和明来成为好朋友啊。

因为他就要消失了，所以他希望我可以和三桥成为朋友。

不仅如此，他希望通过他消失这件事，我可以和更多的同学产生友谊——正如现在这种状况。

难道现在这种状况就是黑猫所谓的"为了我"？

果真如此的话，我的回答一定是：

多管闲事。

"喂——"

我被唤回神思。已经下课了。我抬头一看，是相泽，相泽巴，天海的亲密盟友。

"什么事？"

她哪儿都好，就是那个马尾扎得也太高了吧？像个武士一样。

相泽一脸不高兴地盯着我，问道："你怎么样？"

"你在关心我？"

听起来像是一副快吵起来的样子。说实话，我真的不知道怎么和相泽这种人相处，尤其是在三桥和天海都不在场的时候，我应该说些什么？

"优歌被老师叫走了，明来去找那个樱还是井的去了。"

樱？井？哦，樱井啊。那个公主做派的女孩。

"你找我有什么事？"

相泽不怀好意地笑着说："你休息了那么长时间，听不懂老师在讲什么吧？"

"我脑子很好使。"我怒上心头，虚张声势道。

"别装了，你上课的时候一直在发呆。"

被看穿了。

然后，相泽把一个笔记本放到我桌上。

"给你。"

"这是什么？"

"我把你休息的时候落的内容都总结在上面了。不用谢我。"

我不知所措。什么啊？怎么回事，我什么时候对她有恩了？我怎么不记得。

看我一脸慌乱，相泽说道："优歌似乎也很关心你，但那家伙才不会想到这种实实在在的小事……嘿，你是不是有话要说？"

"多管闲事。"

我低声说完，相泽轻蔑地哼道："你没事比什么都强。"

相泽说完后回到自己的座位上，扎起的马尾左右摇摆着。

我拿起笔记本，哗啦啦地翻了翻。笔记很粗糙，但是那家伙的字迹很工整。

我不自觉地弯起嘴角。意识到自己竟然笑了，我马上拉回自己的表情。

○

我一开始是想问问美咲关于假想朋友的事情，后来细想了一下，美咲也不是这方面的专家，之前她和我说的那些也都是她听她哥哥说的。

所以，我想请她联系一下她哥哥。

她那个据说一年大约能读三百本书的哥哥，据她所说他很博学。一年读那么多本书，必然很博学啊。我要有这样一个哥哥就好了。

所以，在课间休息时间，我去找了美咲。她还是照常被一群女孩围着，一脸欢快地和她们聊着时尚话题。

好难插进去啊。

如果是往常，我会快速加入她们的圈子，在察言观色后，不动声色地和她们进行肌肤接触，然后读取每个人的想法，在不知不觉中获取自己想要的讯息。但是，今天我很着急，决定单刀直入。

我从美咲身后走近，拍了拍她的肩膀。

美咲回头看向我。

"啊，明来，怎么了？"

美咲的内心风平浪静，我完全没有感受到任何危险的情绪。在和同学欢快聊天的时候，内心竟然可以如此平静如水，这真让人毛骨悚然。但我无暇顾及这些。

"抱歉，你现在有空吗？"

美咲一脸可爱地歪头说道："有空是有空，你有急事吗？"

"对，我想问一下你哥哥的事——"

我还没说完，美咲突然用可怕的眼神瞪向我。

我不由得吞回要说的话。怎么了？我说了什么不该说的话吗？

"啊，美咲，你有哥哥呀？"杉田她们一脸震惊地问道。气氛怪怪的。

"是啊，这有什么大惊小怪的。"美咲笑着说道，然后她重新看向我，"明来，咱们俩换个地方聊？"

"哦，好……"

哇，好可怕的感觉。怎么说呢？就像踩了老虎的尾巴一样。

我们来的还是上次谈话的手工室。学校好像不允许学生单独进入手工室，所以我们俩在这里说话不会被其他人听到。难道学校没有开设手工课吗？每次来这里都空荡荡的。蒙娜丽莎居高临下地看着我，对我微笑。

美咲从出了教室后脸色就非常难看。

反正很恐怖。

"说吧，什么事？"

好可怕的样子。

"嗯……你生气了？"我害怕得要死，明明看出她生气了还是忍不住问道。

美咲叹了口气，说道："我说，你以后能不能不要在大家面前说我哥的事？"

"啊？为什么啊？你们的关系不好吗？但是你说过你很钦佩他啊。"

"我是很钦佩我哥。但是，大家可不会这么认为。"

这是怎么回事？美咲看我一脸迷茫的样子，继续说道："世上总有很多愚笨之人，他们不清楚事实的真相，也不想了解事实的真相，自己胡乱揣测一番，自以为那就是所谓的真相。"

"嗯……是……"

她到底在说什么啊。

但是，我能感受到她强烈的恨意，即便没有触碰也能感受到的恨意，还有愤慨。

美咲沉默良久，终于说道："我觉得明来你和那些人不一样，所以，我可以告诉你……我哥哥，其实他是一个'家里蹲'。"

"家里蹲"？

"他是个高中生，但从高一第二学期开始就不再出门，一直躲在房间里看书。他似乎是在学校里遇到了一些事，但他不和家里人说，也不和我说。"

美咲的表情很狰狞，她继续说道："学校里的老师、周围的邻居，还有哥哥朋友的父母，这些人都自以为是地评判我哥的事，说他不孝啦，废物啦，可怜啦，都是家庭环境造成的啦，咲人小时候就太敏感啦……真实的哥哥到底什么样，那些人丁点儿都不知道，却在那里胡乱揣测，对哥哥一顿数落。"

我一时语塞，这倒不是因为我不知道说什么好，而是因为自己一门心思想着单刀直入，没想到现在却陷入了更糟糕的境地。

美咲似乎略微平静了点儿，她尴尬地对我说："抱歉，其实对你说这么多也于事无补。"

确实如此，但如果我这么如实说的话绝对很过分。

"美咲，其实你很喜欢你哥哥，对吧?"

我把自己的想法说了出来。如果我轻轻地碰一下美咲，窥探下她的内心，也许可以说出更完美的话。但是，我没有那样做。

美咲没有接我的话，但气氛好像缓和了些。

"对了，你找我哥什么事?"

"啊，对。"

我告诉美咲我想知道更多关于假想朋友方面的讯息，尤其是如何寻回消失的假想朋友。

"这些都是为了仓木是吧?"

我苦笑一声。不愧是美咲，一猜就中。本来还想着暂时先不提仓木。美咲看我沉默不语，轻叹一声道："明来，我感觉你和之前不一样了。"

突然被这么一说，我惊得瞪大双眼。

"有吗？我没觉得啊，我哪里看起来不一样了？"

"怎么说呢？就是感觉你对周围的人开始上心了。"

"啊，哈哈，我有吗？"我笑着掩饰道。美咲确实很可怕。

"你装糊涂也无所谓，反正你给我的就是这种感觉。你现在怎么说呢……感觉更靠得住了……"

"靠得住？"

对于美咲慎重挑选出来的词，我完全无法理解。她继续说道："对，有些话我现在可以说了。我第一次见你的时候觉得你很可怕，不知道你在想什么。虽然你总是笑嘻嘻的，一副很开朗的样子，但我觉得你像个道具一样没有思想。"

原来我们俩都很怕对方。但我现在还怕着她。

"你变了，是因为仓木对吧？"

美咲直直地盯着我，她看我什么都不说，耸耸肩继续说道："算了，我去拜托我哥，让他再多查一些关于假想朋友方面的讯息。但丑话说在前面，我哥可不是什么都知道，博学也是有限度的。"

"嗯，这就够了。真的很感谢。"

"别高兴得太早了。"

预备铃响了。糟了，下节课要开始了。

我和美咲双目对视，然后走出手工室，穿过走廊回到教室。

我们在商业街上溜达着，我和她们俩讲述着那天发生的故事。在熙熙攘攘的街道里，回忆的大门就此打开。在那个雪花飘落的夜晚，我和黑猫第一次相遇的故事。

那天，爸爸罕见地来幼儿园接我放学。

那时候爸爸就已经在忙于研究工作了，基本很少在家。所以，当我看到爸爸掸掸肩上的雪花，从幼儿园门口走来的时候，感觉很不真实，就像稀里糊涂地做了个梦一样。

爸爸和我说，是因为妈妈感冒发烧在睡觉，所以今天他来接我。

我们和老师说了声再见后，出了幼儿园。

我们在商业街上买了些现成的家常菜，爸爸右手拎着装菜的袋子，左手轻轻地牵着我的右手。

其间，我和爸爸都沉默不语。我不知道该说些什么，也许爸爸也是同样的想法。现在想来，我和爸爸不仅可以分享快乐，也可以共享尴尬。

那时候，我们还是有事情可以分享的。

孩子天然地会被玩具店橱窗里的东西所吸引。我也是如此。但我也仅此而已，那时候我像个小大人一样，从来没有哭喊着要去玩具店，也不会无理取闹地让大人买玩具。

爸爸察觉到我看向橱窗的目光，于是静静地问我："你有想要的东西吗？"

我很吃惊。十二月二十五号已经过了啊。那天也不是什么特殊的日子，只是一个极其平淡的日子。我的脸上带着一副不可思议的表情抬头看向爸爸。

"今天是特别的一天，可以给你买哟。"爸爸笑着说道。

我有点儿不好意思地拒绝了，总觉得麻烦别人为自己做事有种罪恶感。可能是从来没有被关心过，所以我还不太习惯。

于是爸爸再次说道："小夜子，不用不好意思。"

这话听起来很可悲。让自己的独生女不要不好意思，这很可悲吧。我犹豫着，伸手指向很早之前就看中的那个布偶。

"就是那个黑猫布偶？"

对于三桥的问题，我点了点头，接着说道："对，爸爸拿着给我买的布偶，一边晃着猫咪的前爪，一边对我说：'小夜子，以后要好好照顾小猫咪哟。'"

我回忆着当时的情景，轻笑一声，说道："当时的我很惊讶，我从来没见过爸爸那么俏皮的样子。"

"你爸真好啊！"三桥说道。她的话音里有种难言的感觉。

我想起来了，三桥好像说过她爸爸妈妈离婚了。我是不是不应该说这个话题。但是过于在意会不会也不太好……

这时，天海说话了："那我们为什么要停在这里？"

"对啊，我也正想问呢。"三桥点头说道，"我们应该停在玩具店不是吗？这里可是鞋店。"

我望着货架上陈列的儿童运动鞋说道："玩具店倒闭了，现在成了鞋店。"

"啊，真是世事无常……"三桥闷闷不乐地自言自语道。

○

"后来我和爸爸到家后，妈妈也好多了，我们一家三口还一起吃了晚饭。吃完晚饭后大家还在客厅聊了会儿天。"小夜子淡淡地说道，眯起的眼睛里满是怀念之情，"爸爸和妈妈看着我和布偶玩耍，眼神特别温柔。那之后爸爸就几乎很少在家了，妈妈似乎也很忙，每天都紧张兮兮的。所以，那一晚非常特别。对年幼的我来说，那是我少有的幸福回忆。"

我轻轻地点点头。那个布偶肯定是小夜子幸福回忆的象征，它象征着家人对她的爱，象征着幸福、安全感以及满足。

"那么，小夜子。"优歌问道，"你说过，后来布偶被你弄丢了是吧？那弄丢的布偶是怎么成为'假想的朋友'的呢？"

对啊，这个还没搞清楚呢。

小夜子的脸上浮现出一言难尽的表情，说道："那个，可以说是因为我妈……"

"你妈妈？"优歌反问道。

难道还会有别人？

"嗯，据说我妈小时候养过一只狗狗，后来狗狗死掉了，我妈的阿姨，也就是我的姨姥姥曾经对我妈说过一句话。"小夜子说道，"'去世的人和动物其实没有真的离开他爱的人，即便他们的肉体消失了，但他们的心还在你身边。只要你没有忘记他，他会一直陪着你。'妈妈对这句话深信不疑，所以她也对我说，布偶也一样，即便他是棉花、布条和纽扣做成的，但他的心会永远和我在一起。"

我默默地听着小夜子说话。

怎么说呢，我从来不信幽灵鬼魂之类的，布偶的心什么的也不太明白，但是小夜子的妈妈因为这个信念得以治愈爱犬去世的悲痛，所以她才这么教育自己的女儿。

她希望自己的女儿也可以治愈布偶丢失的悲痛。

"总之，就是类似他永远会活在你心里的意思。我们不是也经常这样安慰人吗？现在想想都是老掉牙的故事了。"小夜子直白地说道。

"怎么说呢，我觉得你妈妈说得很好。"优歌深有感触地说道。

小夜子笑了笑："是吗？无所谓了。但是那时候的我是按照字面意思去理解的。"

"什么意思？"优歌问道。

"不是说黑猫的心会永远和我在一起吗？布偶丢了之后，我就一边在心里和他说话——和他说今天我发生了什么事，和他说我在想什么事，和他说我觉得奇怪的事等，一边回忆着布偶的样子，回忆着他毛发的触感和绿光闪闪的眼睛。然后，有一天，黑猫和我说话了。"

"说话了？"我反问道。

"对，那天的夕阳非常美，我在心里问黑猫：'夕阳为什么会这么红？'"

"然后黑猫就和你说话了？"优歌探出身子问道。

小夜子点点头，说道："对，他说：'那是番茄汁。'"

番茄汁？

　　"他说：'太阳很喜欢喝番茄汁，经常不吃东西只喝番茄汁。傍晚时分，太阳一天的工作结束了，他就会在地平线那里喝一杯番茄汁，然后番茄汁就洒在天空那里了。'……"

　　"夕阳红和番茄红可不一样。"优歌纠结地说道。

　　"喂，现在可不是纠结这个的时候。"我戳破优歌纠结的点，接着问道，"小夜子，之后呢？"

　　"我认同了。"小夜子深沉地说道，"我不得不认同，不是吗？不论从哪个方面考虑。我那时候那么小，也那么天真。"

　　天真？

　　"你当时没有疑惑吗？对于黑猫开口说话这件事。"我问道。

　　"有点儿吧，后来黑猫能正常地和我说话，我也慢慢地能看到他了。我本来就很对不起黑猫，如果再大惊小怪才奇怪吧。"

　　"你说得对，我理解。你的内心很震惊，表面上却一副若无其事的样子，然后就那样过去了。"优歌附和道。

　　喂，你俩这是要怎么样？

　　"总之，黑猫的心得以出现，是有这种信念的小夜子的妈妈的缘故。"我总结道。

　　"嗯嗯，那黑猫的出现，主要是拜小夜子的爸爸和妈妈所赐喽。"优歌连连附和我。

"是啊。"小夜子说得很简短，却让人感觉笼罩着一层阴影。

☽

我们去了黑猫经常去的几个地方，也去了我和黑猫有过回忆的场所。我向她们俩讲述了我和黑猫发生在那里的回忆，然而，并没有任何收获。黑猫没有出现在那些地方的隐蔽处，我们也没有发现什么别的线索，但我很开心。

这真的很不可思议，我竟然很开心。

能够向三桥和天海讲述黑猫的事这让我很开心，她们能够听我讲黑猫的事这让我很开心。明明不久之前我还对三桥烦得要死，还对天海存有多年的芥蒂，现在我竟然可以如此滔滔不绝地跟她俩说话。

我和黑猫经常在这条街上散步。

黑猫很喜欢爬这个邮筒。

鱼店二楼有一家回转寿司店。黑猫曾说他的梦想就是坐在回转台上成为回转猫咪。

黑猫会在美术馆的艺术品前面摆稀奇古怪的造型，惹我发笑。我怕别人看到我一个人傻乎乎地笑的样子会感觉很奇怪，于是拼命地憋着笑。

黑猫想去这个公园，也想去那个公园，所以我对周围的公园异常熟悉。

"这里的长椅不好，总刺肉垫。"

没有肉垫的我完全无法感同身受。

"这个攀爬架有橘子味，非常好闻。"

我爬上攀爬架闻了闻，完全没闻到橘子味。

我们还一起去书店站着看书。我们会挑选一本没读过的书，通过书名来猜书的内容。

黑猫的趣事逗得她们俩开怀大笑。三桥和天海抱着肚子笑个不停。我讲黑猫的故事可以讲一个晚上停不下来。但某个时刻我的内心深处会突然被一阵冷意侵袭。

在我这样和其他女孩愉快相处的过程中，黑猫在我心里的位置会不会慢慢消失？我会不会慢慢习惯没有黑猫陪伴的日子？

这个念头让我发颤。我会变成正常的女孩。

我会正常地交朋友，正常地生活，正常地获得幸福。

而那里没有黑猫，没有看不见的朋友。我紧紧地抱住肩膀。

清晨，我一边想着黑猫怎么没叫醒我，一边起床，然后我突然意识到黑猫已经不见了，我难过地快哭了。这种日子会越来越少吧。

我会独自吃早餐，独自去学校上无聊的课，我会觉得在休息时间或者是午饭时间和别人一起聊天或者是吃饭什么的也不错。

放学回家后，以前我都是和黑猫一起玩耍，以后我会和其他女生聊聊天，玩闹嬉戏。

睡前，枕边没有了黑猫的陪伴，我也会慢慢习惯那种孤独寂寞，慢慢地将他当作儿时的一场梦……

有人轻轻地拍了拍我的后背。

"怎么了？你没事吧，小夜子？"三桥正焦急地察看我的脸色。

"没事……哈哈，你知道我有事是吧？"

三桥碰了我的后背。她应该知道了我的想法。

好尴尬啊。我请她们来帮忙，结果却因为和她们相处愉快而满腹罪恶感。

三桥说道："抱歉，我有点儿担心你……但我只知道你很不安，具体的我没有潜入更深的地方。"

"潜入更深的地方？什么意思？"

三桥摩挲着麻花辫末端的串珠，"嗯"了一声后，说道："人的内心很复杂，并不是一下子就能完全看透。就像巨大的海洋一般，我微微碰一下只能看到海洋表面的颜色和波浪而已。所以，如果想要了解更多，需要潜入里面……"

"原来如此，不过大海本来就深不可测啊！"天海直点头，她一副很懂的样子，其实还是没听明白。

我耸耸肩，说道："我没事。我只是觉得黑猫不在，我怎么可以和别人开心地在一起？"

三桥担心地看着我，天海接着说道："啊？就是要开心啊，咱们就是这样的'作战计划'。"

"'作战计划'？"

我和三桥满头问号，天海被我俩看得也一脸疑惑，说道："难道我没说过？在小夜怀念黑猫，快乐地回忆着和黑猫往事的时候，牵挂小夜的黑猫也许就会出现……我把这个计划叫作'小夜和黑猫的回忆之旅——重拾幸福和快乐大作战'。"

"你这名字未免太长了。"三桥冷冷地吐槽道。

○

优歌的"作战计划"的结果似乎不太理想。黑猫没有出现，反而是我们仨在街上逛来逛去，玩得还很开心。

我用"反而"这个词似乎有贬义的意思。其实对想和小夜子交朋友的我和优歌来说，我们和小夜子的关系又近了一步是好事，但我们这次的目的是寻找黑猫，所以"反而"这个词用得也没有错。

"我回来啦。"

我哗啦一下拉开拉门，在玄关处脱了鞋子。

"唉，明来，放学了啊。"姥姥一边朝我走来，一边用围裙擦拭着手，"刚才有个电话找你。"

"谁啊?"

"一个叫樱井的孩子，说是你的同学，她说让你回来后给她回电话。"

是美咲的电话。

会不会是假想朋友那件事有消息了? 动作很快嘛。

在我们仨嬉笑打闹的时候，她已经认真帮我打听了。啊，我可没有说我们三个人偷懒懈怠的意思。

我看了眼姥姥记下的号码，似乎是手机号。我立马拨打了电话。

一声，两声，三声。

"喂，你好。"

是美咲的声音。

"美咲，我是明来。你给我打电话了？抱歉，我刚才有点儿事，回来晚了。"

"没事。我是觉得这件事情在学校说有点儿不方便，咱们在电话里说可以吗？事情有点儿着急。"

"好……你等一下……好了，你说吧。"我准备好纸笔准备记录，等着美咲开口。

美咲说道："首先是假想的朋友消失这件事，这是正常的。我之前也说过，它会随着主人长大慢慢消失。假想的朋友大多发生在两岁到四岁的孩子身上，一般在八岁之前会慢慢消失。"

"八岁？"比我想得要早。小夜子今年已经十二岁了吧。虽然我不太清楚她具体的生日。

"对，在主人有了实际的人际交往之后，假想的朋友存在的意义就结束了，所以就会消失。而且大多数人在长大之后会忘掉这段过往。"

"那有没有人在长大后还记得的？"

"也不是没有。据说有些人在遭遇重大变故或者是受到剧烈刺激后会在心里创造出一个假想人格。好像叫多重人格什么的，也叫分离性身份障碍？一般都是这种情况。当然，也不是说有假想朋友的人都是多重人格，长大以后也没必要让他强行消失。好像也没必要专门治疗什么的。"

"……"

小夜子属于哪种情况呢？

她好像说过黑猫在她小时候就出现了。

黑猫能够存在至今，难道不是小夜子对黑猫的感情太过深厚，必须依仗他的陪伴才能活下去的缘故吗？

我接着问道："然后呢？"

"啊？"

"那有没有什么方法能找回已经消失的假想朋友？"

美咲接下来的话令我惊讶不已："再回到以前，真的好吗？"

"啊？"

"假想的朋友消失难道不是意味着他的主人长大了，不用再依赖假想的朋友，可以在现实生活中交到朋友，在精神上也独立了吗？"

"你刚才说长大以后也没必要让他强行消失……"

"对，没必要让他强行消失。反过来说，难道不是也没必要强行让他回来吗？不要再兜圈子了，仓木不是也说过这句话吗？"

我沉默了。美咲接着说道："仓木'看不见的朋友'消失了是吧？然后你和天海想帮小夜子找回来。但是，真的有这个必要吗？"

"你什么意思？"

"你现在应该做的不是帮仓木找回假想的朋友，而是成为仓木的朋友，不是吗？"美咲的语气很尖锐，"你本来也想和她交朋友。仓木已经向前迈了一步。没有谁能永远躲在自己的壳里不出来。像我们这种无法独自生存的人，必然会在某个时刻向某个人伸出自己的手。所以，你能做的，难道不是抓住那双手吗？"

"是这样吗？我不懂。"

我真的不懂。难道就这样放任黑猫离去吗？小夜子再也见不到黑猫可以吗？

我能成为小夜子的朋友吗？我在心里问自己。一定可以的。我们一起上学放学，在学校里闲聊，放学后去玩耍，去对方家做客。我们的关系可以越来越亲密。

不仅是我，还有优歌。如果小夜子想的话，她还会有更多的朋友。只要小夜子愿意走出来，她的世界可以无限大。

但是为了这些就要丢弃黑猫吗？

这不是强迫小夜子吗？难道为了和我、和我们亲近，小夜子就要舍弃她唯一珍爱的亲人吗？

"不对。现实的朋友也好，假想的朋友也罢，为了一个而舍弃另一个，我绝对不做这种事，而且我最讨厌这种事了。"

傻瓜，那样做绝对是傻瓜。

"你太任性了。"美咲的话里既有责备，又似乎在点醒我，但声音依然冷冰冰的，"鱼和熊掌无法兼得，世上这种事还少吗？即便是正常的朋友，也不可能永远不分开吧？"

"但……"

"明来，你听我说——"美咲压下我试图辩解的话，继续说道。

但就在这时。

"啊？怎么了？什么？嗯……可以吗？没事吗？"

我正疑惑对面发生了什么事，一阵沙沙沙的声音传来。

"嗯，我知道了。明来，你等一下。"

我一时不知所措，接着话筒里传来了和美咲截然不同的声音："三桥明来同学，你好。"

声音很温柔。我还没来得及回话，对面继续说道："我是美咲的哥哥，咲人。"

第四章
········

心之所在

）

我做了一个奇怪的梦。

梦里我和三桥、天海在开心地嬉笑打闹，而黑猫正在远处看着我们。

黑猫的眼神里有落寞，却充满欣慰。

然后黑猫就那样慢慢地消失在了黑暗中。

我醒来后，自我厌恶到极点。

我到底做了什么？我竟然和三桥她们开心地玩耍？

我们确实是在一起了，但那并不是在玩耍，而是为了寻找黑猫在四处奔走。但我很开心？

是啊，明明没有黑猫的陪伴，我却和她们相处得很开心。

我越这么想，心里越难过。

因为在床上磨蹭了会儿，我出门晚了，在上课铃响之前才到了学校。我进了教室，天海看到我后立马开心地说道："啊，太好了。小夜你终于来了。我还担心你有什么事呢。"

"能有什么。"天海担心的神色和妈妈的如出一辙，所以我的语气有点儿冰冷。

她似乎有点儿受伤，我道歉道："抱歉，我睡懒觉了。"

我这么一说，天海立马开心地说道："小夜也睡懒觉啊。我是爱睡回笼觉派的。"

她在说些什么？这个也要分派系吗？

这时，上课铃响了，四散的学生开始返回教室，我看到了三桥的身影。她为了引起我的注意，边走边向我挥手。我向她微微点头。

"一会儿有事和你商量。"擦肩而过时，三桥和我说。

她的麻花辫荡来荡去，串珠来回碰撞，发出砭砭的声响。

商量？什么事啊？她想到什么线索了吗？我悄悄回头看向最后一个座位，三桥正用手指摩挲着细细的麻花辫，望向天窗的方向。她在想些什么？或者说她在苦恼什么？

教室门开了，我赶紧转回头。

"同学们好，我开始点名……啊——"坂井老师压制着打哈欠的冲动，开口说道。

○

自我介绍草草了事后，咲人哥突然问我："你觉得我们的思想在哪里？"

"啊？什么？"

"我们总觉得思想在我们的心脏里面或者是胸口处，但若说到实物，思想其实就是我们的大脑。但它真的在我们的大脑里吗？"咲人哥语调平稳，冷静沉着，听着就让人心平气和。

"脑子里啊……心脏虽然在怦怦怦地跳动，但那其实是在给全身输送血液而已。"

"对，确实如此。那我再问你，你觉得猫猫和狗狗有思想吗？"

"嗯……有吧。"

"为什么？我们又看不到。"

看不到我也能知道它们在想什么。我可是能摸到……我没把这些说出来。

"猫猫和狗狗也是活的生物，也有大脑，它们有思想也不奇怪……"

"是啊，我也这么想。"咲人哥轻笑一声，"那我再问你一个更难的。如果没有大脑呢？比方说树木和花草，这些植物也是生物吧。它们有思想吗？"

"嗯……它们没有思想，它们都没有大脑怎么能有思想……"

我从来没在触碰植物的时候感受到它们的想法，所以……

这时，我突然注意到一个被我忽略的细节。

我触碰过的东西，只要我不知道它的想法，它就没有思想吗？

这和看不到就不存在岂不是一回事？

咲人哥扑哧一笑，说道："原来如此，你觉得没有大脑就没有思想对吧？那你再认真思考一下。"

咲人哥看我深受打击，继续追问："追根究底，为什么有大脑就是有思想呢？大脑是由细胞组成的，细胞是由无数的蛋白质组成的。我们继续细分，蛋白质又是由分子和原子组成的。也就是说大脑本质上是一种可触摸到的物质对吧。那也就是说，思想这种触摸不到的东西，是由可触摸到的物质组成的东西产生的，对吗？"

"那是……"

"你再想想，如果物质组合而成的东西可以产生思想的话，同样是由原子和分子构成的石头以及人工作品也会产生思想这也并不奇怪了吧？它们，不，他们和我们人类又有什么不同呢？都是由同样的成分组成的。"

我的头好疼。道理是这么个道理……

"你听好了，我们根本无法确定思想到底存在与否。无论科学发展到哪种地步，我们都无法证明它的存在。"

"不，你说得不对，思想就是存在的。"

咲人哥不理会我的死命辩解，冷冷地说道："那我是有思想的，明来你怎么证明？"

"那当然喽！你正在说话啊！"

"这样啊，你通过话筒听到了我的声音，但那只是空气的震动而已，是我的喉咙发出的某种东西罢了，你怎么能断定我有思想呢？"

"因为……那是……"

"也许我并没有思考，我可能是个 AI（人工智能）机器人，仅仅是在对你的话进行处理，然后将答案编辑成声音发送出去而已。如果我不这样处理就没法和其他人说话，同样地，我也没法对其他人说我是有思想的。"

思想是看不到的东西啊。

即便如此，我还是试图反驳："比方说心灵感应，如果不是能够直接看到对方的思想……如果有人会心灵感应……即便现在没有，未来如果出现这种技术……"

"即便像你说的，那也只是'那个人看到的东西'而已。不依靠五官的感受，仅仅是通过观测而得的结论，那也只是

'观测结论'罢了。里面是否真的有思想，外人依然无法了解。"

"你见过这种吗？"

虽然我在情绪上想继续反驳，但内心已然明白，已然认同。

世上不一定只存在看得见的东西。看得见的东西也未必真的存在。即便我拥有某种能力，那也只是我的自我感觉罢了，我看见的感受是否真的存在，我不知道，也无法证明。

如果是这样的话……

"是不是害怕了？抱歉啊，我其实不是想说世界上没有思想，相反，我想说的是，思想确实是存在的，只不过依靠人类的力量——那些技术、理论、科学等一切手段——还无法捕捉到它。"咲人哥的语调渐渐变得欢快，"你懂吗？到目前为止，思想是一种超越人类认知范畴的东西。它极其巨大，极其厚重，也极其丰富，深藏着太多东西。"

就像大海一样。

"……"

"明来，谢谢你听我说了这么多。那我们回到正题吧。"

啊？这是前奏？未免太长了！

"咱们说说你朋友的事，假想的朋友那件事。"

"三桥？"

我被唤回现实。

早上的班级例会好像已经结束了。小夜子正站在我的书桌前，看向我这边。

"你没事吧，在想什么？"

"啊——嗯嗯，我在想昨天的晚饭。"

我试图糊弄过去（顺带提一下，昨晚我吃的是咖喱炖菜，姥姥的拿手菜）。

小夜子向我投去诧异的表情。看来这次没糊弄过去。

"对了，你说和我有事商量，是假想朋友方面你有线索了吗？"

"啊，那些我还没线索……不过——"我环顾四周，没看到优歌。

"天海被老师叫走了，好像是因为昨天小测的事。"

"昨天的小测，社会那门？优歌哪里又考砸了？"

"不是有道关于幕府末期人物画像的题嘛，她把西乡隆盛[✦]认成了'佛教人物'。据天海说，她在看到西乡隆盛画像的那一瞬间就觉得他是尊佛像。"

我爆笑不止。优歌真是个人才。不知道她是哪方面的人才。

✦ 西乡隆盛：幕府末期的知名人物，明治维新的领导人之一。

"商量什么事？天海也要一起吗？"

我笑够（优歌对不起了）之后，摇摇头，说道："不用，我已经和优歌说过了，现在就是看你怎么想。"小夜子挑挑眉，说道："什么啊？"

我咧嘴微微一笑："你、优歌还有我，咱们仨要不要组织一个在外面过夜的活动？"

))

在外面过夜的活动？什么啊，我提不起兴致。

与其说是提不起兴致，其实是我从来没有在别人家借宿过。外出旅行也就小时候屈指可数的几次。所以，我对在自己房间以外的地方睡觉这件事本能地有些抗拒。我在完全陌生的地方一点儿安全感都没有。

"你不想去就算了，也不用勉强。"三桥说道。

我思考片刻后问道："为什么要突然搞在外面过夜的活动？"如果不是为了寻找黑猫，那我就立马拒绝。

三桥接着说道："我们想到一个寻找黑猫的办法，但这个办法不是说实施就能实施的，需要准备一下，或者是说需要在一个安静的场合下才能实施。"

"具体是什么办法？"

"现在保密，也不一定就管用啦。"

我忐忑不已。现在到了抓住最后一根稻草的时候。连猫咪都要搭把手✦？不对啊，连猫咪都要搭把手指的是忙得不可开交。话说忙得不可开交时猫咪就会搭把手吗？还有，在外面过夜的事……

"是在你家过夜吗？"我问道。

"优歌说无论如何都要去她家，所以定了去她家。"

"你去过天海家吗？"

"啊？为什么这么问？我没去过，小夜子你去过吗？"

我也没去过。但是传闻她家招待客人……架势可是不一般。

"怎么了，你没事吧？"

听了三桥的问话，我说道："你让我考虑一天。"

之后的一整天我都在烦恼这件事。为了找回黑猫我应该去，但如果白跑一趟，仅仅是去天海家玩一天，我并不想去。

和她们俩一起去天海家过夜一定很有趣。如果是之前的

✦ 连猫咪都要搭把手：日语中的一个惯用语，指的是忙得不可开交的意思。

我，肯定会对此嗤笑不已，说不准连想想都会浑身发痒，不自在。

但我已经知道我和三桥、天海可以相处得很好。

正因为如此，我更不想去。昨天的旅程（天海提议的名字超级长的"作战计划"）也是如此，我出乎意料得开心，然后又陷入深深的自我厌恶。

我认清了一件事，我对在没有黑猫陪伴的时候竟然能够开心地生活这件事充满了负罪感。

为什么会这样？也许是因为我觉得正是黑猫的离去，才让我获得了这份幸福；也许是因为我觉得我抛下了黑猫在独自享受这份幸福。

所以，我一边安慰自己"我这是为了黑猫，我本来不想去的"，一边又去参加活动。我这种行为又该如何评价呢？

这种行为像是我在利用黑猫。

我乱七八糟地想了很多，最后还是决定去。

因为天海对我说：

"小夜，你会来的吧！你一定会来的吧！好想今天你们就来我家。

"你有没有喜欢吃的和不喜欢吃的东西？你喜欢吃什么？尽管告诉我！

"小夜，你会玩百人一首[✦]纸牌吗？就是那个抽牌游戏[✧]好麻烦。

"啊啊，好期待小夜你们来我家住啊，最近小巴忙着踢足球，都好久没来我家了。"

她就这样跟在我后面说个没完。我真是招架不住。

算了，跟随内心的想法，想怎么样就怎么样吧。

在大家吃午饭的时候，我起身离开座位，走到三桥她们那边，和她说了我答应参加过夜活动的决定。天海听了开心地唱起了歌，然后又害羞地捂住嘴。

○

电话那端传来的声音，听起来低沉又轻柔。

"思想是看不见也摸不着的，即便看得见摸得着，那也只是一种'感觉'而已，所以说，如何证明思想是实际存在的，这件事从原则上来说是不可能的。也就是说，我们无法证实

✦ 百人一首：日本的一种纸牌游戏，是利用《小仓百人一首》制作而成的和歌纸牌游戏。

✧ 抽牌游戏：玩百人一首纸牌时，每人轮流抽牌，放在自己面前，抽到女孩者，将自己的牌全部打出；抽到男孩者，将众人的牌全部收进，最后以牌少者为胜。也可以相反进行。

哪些东西是有思想的。同样，我们也无法证实哪些东西是没有思想的。这些你能理解吗？"

"似懂非懂的感觉……"

咲人哥说的话好难理解，但最让我难懂的是这些和小夜子的假想朋友有什么关系呢？咲人哥究竟想说什么？

"那我问你，你的朋友……仓木同学对吧？你认为她有思想吗？"

我小心翼翼地回答："她有思想啊，每一个认识小夜子，就是仓木的人都会这么认为。但是，根据咲人哥你刚才说的理论，仓木有思想这件事根本无法被证实。"

"精彩！你果然很聪明。"

我这是在这种奇怪的事情上被夸了吗？

"下一个问题，我们假设仓木同学和你一样是有思想的，她可以感知事物，可以思考。"

这样的假设，仿若小夜子真的是个机器人似的。

咲人哥的话还没说完，我也不好插嘴。

"接着我们来说仓木同学的假想朋友，他有思想吗？他能感知到事物吗？他能思考吗？他能做出哪些行为呢？还是说他和小孩过家家的玩偶一样，只是仓木同学自己制造的一个美好幻象？"

"我觉得……它和幻象不一样，他是有思想的吧？因为小夜子说她和黑猫从小就一起玩，还说话交流什么的……"

"你看到一个小孩独自抱着玩偶玩耍，你会认为这个玩偶有思想吗？会认为这个玩偶是有生命的吗？"咲人哥语调柔和，内容却很毒辣啊。

"这个……这个肯定不会啊……但是……"我想要辩解，却什么都说不出来。

"你别生气。我想问你的是思想的边界在哪里？你是从哪个角度来判定思想的？"

怎么说呢？黑猫有思想吗，就像我们身边的朋友那样？还是说，他没有思想，就像我们的玩具、布偶一样？

话筒对面，突然传来一声轻笑："如果我们认可仓木同学的假想朋友有思想的话——"

接下来，咲人哥说了我此前想都没想过的事情：

"那他究竟在想些什么？他为什么会消失呢？我觉得你应该好好替小夜子想想这些问题。"

上课的时候，这个问题也一直在我的脑海萦绕。

如果黑猫真的有思想，那他究竟在想着什么？他消失的理由和意图又是什么？

我一动不动地盯着手掌，然后，我做了一个决定。

我必须亲自去问问黑猫，真相到底是什么。

☽

放学后，我回了家。

过夜活动是在明天也就是周五的傍晚开始，到时候我带上必需用品，和三桥一起去天海家。

现在，我遇到了第一个难关，那就是我必须给父母打电话，请求他们的同意。

他们俩平日都是忙于工作，放任我一人在家，但这是基于我听他们的话，没有做他们不允许的事情。尤其是妈妈，她自己不在家，对我的干涉和管教却格外地严格。我在学校成绩优秀，没有不良言行，这也是为了早日从妈妈的束缚中解脱出来。所以，他们不太可能轻易地同意我去外面过夜。

该怎么办呢？

我打开玄关门，在地上看到了爸爸的鞋子。客厅里传来电视的声音。

嗯？这个时候，爸爸怎么回来了？

一会儿我径自穿过客厅回到自己房间，合适吗？作为女儿会不会太冷漠了……我正想着这些，门突然打开了，爸爸出来了。

"你回来啦！"

"我回来了。"

我俩互相打了声招呼。

然后两人相顾无言，呆呆地不知道做些什么。这时，爸爸开口了："听说你最近都有好好去学校。"

"算是吧。"

"这样啊。"

他说了这几句话后就回了客厅。气氛很尴尬。

我在洗手台洗了手，回到房间把书包放下，坐在床上。不知怎的，我突然想起了爸爸送我黑猫布偶时的事情。

"小夜子，以后要好好照顾小猫咪哟。"爸爸一边晃着布偶，一边用不同于往日的嘶哑的声音对我说道。然后，他看到我呆呆发愣的样子，脸颊发红，好像很难为情。

他的脸上带着一副后悔自己为什么要这样做的表情。

爸爸看着很严肃，其实是一个有幽默感的人吧。

如果能多和爸爸说说话的话，也许就能发现他更多幽默的地方，也许我们的关系就不会变成现在这样冷冰冰的……

这时，敲门声响起。

"请进!"我小声说道。

门打开了,是爸爸,他对我说:"小夜子,明天晚上……"

"嗯。"

在一阵犹豫和沉默之后,爸爸接着说道:"我好不容易休息一次,明天晚上咱们一家三口要不要出去吃顿饭?我也有话和你说。也许小夜子你没有话和爸爸说,但是爸爸有话想和你说。"

我吃惊地看向爸爸,爸爸一副难为情的样子。

但是明天晚上——我想起了那天发生的事。

黑猫布偶丢了的那天。

我和爸爸之间出现深深裂痕的那天。

我发现黑猫布偶丢了之后,哭了好多天。我从来没有那样哭过,因为我从小就是个不爱哭的孩子。即便遇到伤心的事情,我也是默默地不说话,很少哭泣。不过,其他时候我也是个不爱说话的孩子。

爸爸最后看不下去了吧。晚上我在床上哭的时候,爸爸来到我的床边。

"小夜子,不要哭了。给你这个。"爸爸拿出一个包裹给我。

我抬起头。爸爸把包裹打开,里面是一个小兔子布偶。

"你好呀！小夜子！"爸爸一边挥舞着崭新的小兔子布偶的长长的耳朵，一边对我说道。

爸爸应该是想着给我买只新的布偶让我的心情变好吧。他是为了我才那么做的，出发点并没有任何恶意。如今的我完全可以理解。

但是，当时的我感受到的是深深的欺骗。

爸爸根本没有理解我对黑猫布偶的感情有多深。

原来爸爸根本不知道当时他送我黑猫布偶的时候，我的内心是多么开心。

我抓住小兔子布偶，用力地扔了出去。

我用毯子蒙住自己，突然大声哭了起来。我伤心不已，不光是为了丢失的黑猫布偶，还因为爸爸对我的不理解。

但是，也许伤心的不止我一个，感觉被欺骗的也不止我一个。

爸爸失望地轻声对我说："别太任性了，真是个麻烦的孩子。"

现在的情形与那时候太像，让我不由得想起了那时候。

爸爸想要走近我。

明天晚上我已经有约了，如果我这么说，爸爸肯定会伤心。他说他好不容易才休息一次，想和女儿吃顿饭，想和家人一起度过。

但是，现在的我有更重要的事情要做。

"抱歉，我明天约好要去朋友家过夜。爸爸好不容易休息一次，真的很抱歉。"我看着爸爸说道，心想他会像那时候一样生气吧。

自己的女儿一直没什么朋友，前段时间还突然不去上学了，现在突然又去学校了，还突然说要去朋友家过夜之类的话……他会怎么想自己的女儿呢？

是会觉得果然又被欺骗了呢，还是会为我能够交到朋友而欣喜呢？

我心跳加快。短短几秒的沉默，在我看来却似乎过了很久。

那天我哭泣着对爸爸说的那句话不知从什么地方传来，在我耳边回响。

但今天和那天不同，爸爸轻笑一声后说道："是吗？很不错哟，我一会儿和你妈妈说一声，让她给你朋友的家里打个电话，谢谢人家招待你们。"

"我可以去吗？"

"可以啊，没有不去的理由啊。明天我和你妈妈过个二人世界，你就别管了。"

爸爸这么说完，又加了一句："对了，我买了甜甜圈，放在冰箱里了，你一会儿去吃点儿。"

"嗯……谢谢。"

不知为何，我以一种不知所措的心情向爸爸道了声谢谢。

爸爸出了我的房间之后，我不由得想：爸爸在为我开心，因为我交了新的朋友。

然后，我诧异自己竟然这么想。

因为，我认为爸爸在为我开心这件事说明了我对爸爸还有所期待。

○

"对了，明天我们要去优歌家过夜。"我在饭桌上向大家汇报。

吃完晚饭正在喝酒的妈妈说道："知道了，你把人家的联系方式给我，我和她的家里人打声招呼，表示感谢。"

"没问题。那我去收拾东西了。"

我说完，正准备离开餐厅，妈妈突然叫住了我："对了，明来。"

"什么事?"

"你过来我这边一下。"

什么事啊?

我一边疑惑着,一边听话地坐到妈妈旁边的蒲团上。

妈妈直直地看着我。她的瞳孔和我一样是棕色的。睫毛好长啊,这人,和我一样漂亮。唉?我好像说反了。

我胡思乱想着,妈妈突然两手捧起我的脸颊,把我的脸颊蹂躏得变形。

"呜呜呜呜!不要揉我的脸!"

老妈这是喝醉了吗?求求别这样了!

"好好好。明来,最近你好像在做什么有意思的事情啊。"

"你在说什么啊?"我从妈妈的手里逃脱后,反驳道。

"你又在好心地多管闲事了吧,我以前也是这样,总是一副热心肠,一头扎进去,为了帮别人四处忙活……其实很辛苦的。"

"用……用不着你操心。"

"但是啊,明来。"妈妈突然换了一副正经的口吻说道,"不要太勉强自己。你一直都很努力,比你自己知道的还要努力很多很多。"

"哈哈,没事没事。我可是知道分寸的。"

看着我一脸调皮的样子,妈妈笑了:"那就好。其实我也没那么担心你。"

"你本来就没担心我。"我抠着字眼说道。

妈妈接着说道:"好吧,因为你是我的女儿啊。"

妈妈的声音里充满自信。

我回到房间,收拾着行李,突然想起了以前发生的事情。

妈妈其实知道我拥有异能的事。我小时候就和妈妈说了。

"妈妈,我好像碰一下别人就能知道他在想什么。"

正常来说,对一个五岁的小孩说的这样的话,大人一般都会"是啊是啊"地敷衍过去,不会把小孩的话当真。也有的家长会装作得意地说:"啊,真的啊,我们家宝宝真厉害!"大多数家长都会是这些表现吧。

但我妈妈两者都不是。

"啊,终于来了,你要好好使用这种力量哟。对了,帮我剥一下洋葱的皮。"

五岁的我当时可是非常地不知所措啊。

什么啊?我可是鼓足了勇气才和妈妈说的,就这样?

还有,"终于来了"是什么意思?

我后来才知道,妈妈小时候也有过这种异能,不过据说在二十岁之前就消失了。

"各方面都很方便吧。"妈妈说道。

那时的我正被触碰到别人后传来的各种各样的情绪弄得束手无策，妈妈的这句话终结了我的烦恼。怎么说呢？就是觉得那时候的自己傻傻的。

我在很长的时间里都那么想。对啊，仅仅是方便了而已。

第二天的傍晚，我到了和小夜子约好的公寓前的公园。

夕阳下，天上的飞机留下了长长的痕迹，我呆呆地望着航迹云，摸了摸昨天被揉得变形的脸颊。我突然想起了昨天妈妈摸我时的触感以及从接触地方传来的如沐春风的暖暖的情绪，还有那种似乎将我整个包裹住的温柔清澈的色彩。

我等了大概有五分钟吧。公园入口的自动门开了，小夜子来了。

"等很久了吧？"

"没有，我刚来。"我边说边从长椅上起身。

一路上，小夜子很安静。她果然还是有点儿紧张吧。我想着说点儿什么好让小夜子分散注意力，于是讲起了我家大家伙的事。

我说我家有一个占鱼缸面积一半以上的巨大金鱼，活了四十年，现在还在长。

我还说这条金鱼是个凭一己之力提高了我们家恩格尔系数✦的怪物，因为要喂它吃大块的金枪鱼肉……

我就这样事无巨细地说着，小夜子突然开口道："为什么啊？"

"啊？大家伙这么大的原因吗？这个我也——"

"不是这个，是为什么要喂它吃金枪鱼肉，或者说大家伙其实吃什么根本无关紧要。"

根本无关紧要，大家伙？好无情啊。大家伙可是在拼命生存啊。

我本来想这么辩解，但是小夜子接下来严肃认真的话让我没法再开口。

"你为什么要搭理我？我这个人这么麻烦讨厌。一般对我这种人难道不是无视就好？我平常对你那么冷漠，你不该对我这样好。"

我一阵沉默后，开口说道："你果然还是觉得我麻烦。"

"一开始确实是，但现在我很开心能和你关系变好。"

开心？小夜子如实地表达让我很吃惊。

"但是你为什么对我这么执着？这让我觉得很不可思议。"

✦ 恩格尔系数：食品支出金额在家庭总收入中所占的比重。恩格尔系数是衡量一个家庭或一个国家富裕程度的主要标准之一。恩格尔系数较高，对家庭来说表明收入较低，对国家来说则表明该国较穷。

我犹豫了。

怎么办呢？我要不要说呢？如果说的话要怎么说比较好？

我思索片刻后，说道："最开始是因为逞强吧。"

"逞强？"

"对，你对我越冷淡，我就越要和你交朋友。没想到我瞎折腾半天，最后却伤害了你……"

小夜子静静地听着我絮絮叨叨的话。

"所以那天我去你家探望你，就是想把我有异能的事情告诉你，向你道歉。但我没想到你已经知道了，还向我求助。"

小夜子点点头，说道："原来如此。"

我深深地吸了一口气，接着说道："你能向我求助，我很开心，非常开心……怎么说呢？我也不知道为什么，就是很想帮你，必须帮你……必须用我的这种能力为你做点儿什么。呵呵，是不是很高高在上？"

我这么说完，自己也忍不住笑了。

是啊，感觉我好高高在上啊。

想要拯救别人什么的，岂不是一副高人一等的模样。

但是，我真的非常开心。

"我这个人，很过分啊。"小夜子自嘲地说完，然后轻轻地碰了碰我的手。

虽然只有那么一瞬，但足够了。

小夜子没有再说什么，她应该也知道没有说的必要了吧。

所以，我也没再说什么。

有时候表达不好，反而会让某些东西消失。

还有就是一旦开口，我会难为情地哭出来。

☽

"哈哈，欢迎来我家！"

天海在门口迎接我俩。她竟然还牵着一只大型犬，是个像拖把一样的狗狗，尾巴晃来晃去，看起来有点儿让人怕怕的，我有点儿哆嗦。

除了狗，天海家的规模之大，也让我大吃一惊，即便我已经有所耳闻。她家的这种规模已经不能称之为私宅了吧，简直是个城堡。庭院是和风建筑，住的地方与其说是宅邸，还不如说是酒店呢。里面究竟住了多少人？三桥一副来游乐园玩耍的架势，从门口到玄关，这一路上一直左顾右盼，一点儿都不矜持。

"小夜子，你快看！是池塘！好大啊！能养几百条大家伙了！"

"别人家的池塘里不会养大家伙！"

"我本来还想叫小巴一起过来玩，但她说今天有事要忙，好像是明天有足球比赛，要集训什么的。"天海遗憾地说道。

说起来，如果相泽来的话，我也许就不会来了。

"优歌，那是你的宠物吗？叫什么名字？"三桥问道。

天海开心地点头说道："对，棕熊。"

"它是狗吧，又不是熊。"

"什么呀，小夜，棕熊是它的名字。"

而且棕熊已经是第三代了，它正朝我汪汪地吼叫。

我们和天海的妈妈打过招呼后，上楼来到卧室。

卧室有十二叠✦那么大，作为儿童卧室也有点儿太大了吧。

"优歌，你妈妈太漂亮了吧。穿和服很美。"三桥这么说着，然后从榻榻米的一边滚到另一边。

放松也不是这样放松的吧。

"我妈妈是茶道方面的专家，最近好像又在研究咖啡道。"天海也和三桥一样滚来滚去，也不知道她是在开玩笑还是说真的。

我对滚来滚去的两人问道："对了，寻找黑猫的办法到底

✦ 十二叠：叠是日本房间面积的计量单位，一叠就是一个榻榻米的面积，约一点六二平方米。十二叠约是十九平方米。

是什么？之前你们说想到办法了。"

"啊，那个。"三桥边说边盘腿坐好，"我们晚上再说那个。"

"你们俩到底在搞什么？"

"嗯……之后会和你说清楚，现在咱们先放松一下，玩一玩。"

"要是只是玩的话，我要回去了。"我全身疲惫无力。

我这样说完，在后面滚来滚去的天海说道："不是不是不是，不是那样的，你别回去，明来没有骗你……"

"啊，我说错什么了吗？"三桥慌慌张张地说。

天海继续说道："我们要按照步骤来！"

还有步骤？我内心疑惑。三桥也问道："嗯？还有步骤吗？"

果然没有。

"啊，明来，你真没用！不知道我的良苦用心！"天海没头没脑地埋怨三桥。

"小夜，你等一下，我现在就开始准备！"天海说完拉开拉门，吧嗒吧嗒地走过走廊。

我看向三桥，我们俩四目相对。

"呵呵，其实我也不是没有上心。"

"现在这重要吗？"

吧嗒吧嗒的脚步声又回来了，听着天海似乎还拿着一个小小的箱子。

"那是什么?"箱子看起来非常旧。

天海满脸笑容地说道:"接下来,抽牌游戏开始啦!"

要不,我还是回去吧?

○

抽牌游戏的获胜者是优歌。玩了五轮,她就赢了五轮。

话说这是靠运气取胜的游戏吧?获胜要素里没有动脑子这一项吧?

"这就是实力!"优歌得意地宣告。抽牌游戏需要什么实力?

优歌哼着胜利之歌,小夜子明显露出不耐烦的神色。

接下来我们吃了一顿豪华的晚餐(鲷鱼刺身),泡了澡(不是在浴缸里,而是在泡温泉的大池子里,我们的情绪极度高涨)。回到卧室,床铺已经给我们铺好了。

我们三个人换好睡衣,准备休息片刻。小夜子穿的是白色睡衣,优歌穿的是粉色长睡袍,我穿的是条纹的甚平✦。

✦ 甚平:日本的一种传统服饰。传统的甚平是由棉或麻布料制成的无衬里服装,袖子为五分长或七分长的筒袖,袖口平且开口大。衣领为一般的细领。因为有绳结固定,所以不需要系腰带。而且自袖子到全身都相当通风,凉爽舒适,适合作为夏季的家居服。

"哇！明来，你头发披下来也很适合你哟。"优歌躺在被窝里，看着我说道。

"嗯，算是吧。每天编头发，系串珠可麻烦了。"

"下次我也弄点儿串珠。"

"好啊，你试试呗。"

我俩聊得火热，一旁的小夜子却抱着枕头发着呆。

"怎么了？"我问道。

"有点儿累。"小夜子说道，"可能是不太习惯在别人家的浴池里游泳的原因吧。"

"哎！不游泳才奇怪吧。"我说道。

"即便是洗澡也得先静下心来。对了，你今年多大了？"小夜子问我。

"我八月生的，十二岁了。"

"我是五月生的！小夜呢？"

"我十二月……"小夜子略带不甘地说道。

只有她没满十二岁。

"没事，这是常有的事。"我轻声说道。

小夜子却把枕头扔向我："别安慰我了！我们可相差了四个月。"

我敏捷地侧身躲过枕头，枕头恰好命中优歌的脸。

"哎哟！欸，小夜，要来吗？要来吗？我家的枕头可是'全国枕头大赛联盟'规格的枕头！看我的！"

优歌说完马上把枕头瞄准小夜子扔了过去，枕头却直直地击中我的肩膀。没得分！

"接下来呢？"小夜子说道，"已经晚上了，我们是不是该进入正题了？"

我点点头。一直拖到现在，也该摊牌了。

"好的。优歌，一会儿你就安安静静地听着。"我委婉地安抚优歌之后说道，"接下来，我要去找黑猫了。"

小夜子皱起眉头："你去哪里找？都换好睡衣了。"

"穿着睡衣也没关系，因为我要去的是小夜子你的心里。"

小夜子和优歌两人听完目瞪口呆。

小夜子略一思索后，似乎明白了过来："你要进去我的内心，然后在里面找黑猫？"

"嗯。我想明白一件事。我们去了你和黑猫曾经去过的那些地方，没有找到黑猫。那当然找不到了！黑猫原本就是你内心的一部分，现实世界当然找不到，应该去的是你的心里。"

和咲人哥通话之后，我想了很多。如果黑猫真的有思想，无论如何我都要看看他的心情，听听他的想法。所以，我们不能再干坐着，等着他出现了。

我必须主动出击，去见他。

"还有，我之前也说过，内心是非常非常广阔的。啊，我并不是在说小夜子的胸襟……哎呀，哎呀，小夜子人很好，长得也很可爱。"

"无关的话就别说了，继续！"小夜子一脸认真地说道。

说的也是，我咳嗽一声，接着说道："总之，潜入内心并不是那么轻松的，在那里要找一个东西，简直就像在沙漠里找一只蚂蚁。"

"听上去好费劲哟。"优歌慢悠悠地说道。

小夜子一副"就这"的表情。

我打了一个响指，接着说："对对，很费劲！而且，在潜入内心的整个过程中，我的意识会脱离身体，在找到黑猫之前，我的意识都是和小夜子紧密联系在一起的。我整个人完全没意识。到时候你们俩不觉得无聊吗？"

"没关系啊，我们俩可以玩抽牌游戏。"优歌用力地握紧拳头。

小夜子还是一副"就这"的表情。

"不要抛下我嘛……我做的也是重要的事啊。万一小夜子的意识有什么变动，进入她意识里的我可就糟了。"

"那怎么办，要不我冥想？"

听了小夜子的话，我摇摇头。

"不用不用，不需要冥想，又不是要开悟什么的。你只需要做一件事就行。"我笑着说道，"睡觉。"

"才七点半啊。"

)

卧室的灯熄灭了。我抬头望向天花板，在昏暗的光线下，我用视线描摹着勉强看到的木质纹理。啊，怎么都睡不着。闭上眼睛，倾听着自己的呼吸声，我完全无法入睡。

"小夜，你睡着了吗？"

"这么早，怎么可能睡着，我平常都十点以后才睡……"

"你睡不着的话，咱们没法往下进行啊。"

"我知道，但天海你能不能不要每隔三十秒就问我一次'你睡着了吗'？"

"我不问怎么知道你是睡着了还是只是不说话？"

"小夜子人这么好，她睡着了会和你说：'我睡着了。'"

"这怎么可能？"

听着左右两边的被窝里越说越离谱的聊天，我的意识更清醒了。

我为什么要睡在她俩中间？

"啊，我想到一个办法。"

这是天海的声音。

"什么？"

"我们聊一些让人发困的话题不就好了？机会难得，我先说我睡前经常想的事。"

睡前想的事？

"好办法！想想这些事一下就能睡着。"

天海没头没脑地说道："你们觉得宇宙的尽头是什么？"

一片沉默。

"宇宙的尽头啊……优歌同学，您睡前想的是宇宙的尽头这种问题啊。"三桥钦佩地说道，连敬语都用上了。

"现在从 1 默数到 100，思考这个问题。接下来谁先说呢？"

谁先说？是让我们思考吗？不是天海你自己思考吗？

"谁的答案最有趣，谁就会获得奖品哟。"天海说道。

答案最有趣？

谁会先说呢？天海和三桥都没有出声。

天海开始默数了吗？

宇宙的尽头啊。

话说回来，宇宙有尽头吗？如果宇宙有尽头，那尽头的另一边是什么样的呢？不对啊，如果尽头外有东西那怎么能说是尽头呢？咦？这种问题很对黑猫的胃口。他会怎么讨论这个问题呢？肯定会竭力杜撰理由。

"宇宙根本没有尽头。"

为什么？

"那我反过来问你，你怎么理解宇宙的尽头？"

这个……宇宙最边缘的地方，不是吗？

"嗯？你能详细地描述一下吗？是像道路的尽头这种吗？"

我听完顿时语塞。我无法描述。怎么说呢？宇宙的尽头像一堵墙，或者是一个黑洞洞的巨型东西将这个宇宙包围，或者是一个壳将整个世界包裹……

"还有，那个地方是不是还挂着一个'宇宙尽头'的牌子？"黑猫嘿嘿地笑了。

我也发觉这个问题越想越奇怪。

黑猫，你怎么了？你不是消失了吗？

我伸出手想要抚摸黑猫，他却刺溜一下从我手中滑走，消失不见。他消散的身影如何烟雾一般慢慢模糊，渐渐飞远。

"宇宙的尽头，其实我们根本没弄懂它的意思，连意思都不懂，还纠结什么有没有的问题……傻不傻啊。"

不要！不要走！我一直在找你！

你要去哪里？带我一起呀……

"小夜，你睡着了吗？"
我没睡着，我清醒着呢……我看见黑猫了……
但我没法出声，迷迷糊糊地，我的意识逐渐模糊。

○

"好像睡着了。"
我说完，优歌马上从被窝里伸出手打开枕边的灯。淡淡的橙色灯光猛地将卧室照亮。
"对吧？只要思考宇宙的尽头就马上能入睡。我刚才都迷糊了。"优歌得意地说道。
我轻笑一声，说道："优歌，有件事要拜托你。"
"什么啊？"
我低头看了眼小夜子的睡颜，她眉头微皱，神情落寞。我轻轻地拢了拢她的头发。
"我现在就要潜入小夜子的内心了。我刚才说过，内心极其广阔，我可能会迷路。最棘手的就是在我潜入期间，万一小夜子醒了，她和我的手如果分开……"

"如果那样的话……会怎么样?"

"也许我会被困在小夜子的内心,出不来……"

"也许?"

"据说我妈小时候有过这种情况。她在偷窥别人梦境的时候被困在里面出不来了——哈哈,不要紧张,别露出那副表情。"我看到优歌的表情后立马慌张地说道,"没事,我妈现在好得很,有顺利返回的办法啦。"

优歌一脸认真地说道:"明来,我相信你。那我要怎么做?"

"如果明天早上小夜子醒了,我还没有回来,你让小夜子握住我的手,然后呼叫我的名字'明来'。懂了吗?"

优歌久久地看着我,然后,对我说了些奇奇怪怪的话:

"明来,也许黑猫早就知道会发生这些事。"

"什么意思?"

"我不知道怎么说……我觉得黑猫一直在等,他在等你……他在等你——"

优歌停顿了一下,我们忍不住大笑。

"我说优歌,我可是在认认真真地准备干活。你别搞笑了!"

"明来,你声音小点儿。小夜要被吵醒了。"

"都怪你喽。"

这时,小夜子突然小声嘟囔着翻了个身,我俩赶紧噤声不语。小夜子渐渐睡踏实了，呼吸开始平稳。

"明来，你要小心。记得明天的早餐可是舒芙蕾。"

"我一定回来吃。"

我握住小夜子的手，感受到的是微风拂面般和煦的情绪，出现在我眼前的是沉睡中的小夜子内心的颜色，那是一种深蓝色，犹如闪烁着繁星的美妙夜空。

"我进去了。"

"多加小心。"

我最后向优歌微微一笑，然后闭上双眼，将意识集中在手上。

在如此宽敞的卧室里，我朝小夜子的内心飞奔而去。

扑通一声，我感觉整个身体被水淹没。

小夜子的记忆和情绪变成了小小的气泡，变成了闪烁的星星碎片，咕嘟咕嘟地从水里螺旋上升。

我朝着更深的地方，朝着中心的地方继续走。

这是埋藏着数不尽的秘密的大海深处，还是闪烁着无数繁星的宇宙尽头？

无所谓了。这是哪里都不重要了。

我来了！

我来见你了。

第五章
········

碧绿色的眼泪

○

我听见了声音。从哪里传来的声音？

似乎是小夜子和一个女人的声音。

小夜子。

我知道你很宝贝黑猫。

黑猫一定也很爱你，所以，如果他知道你因为他而受到同学戏弄的话，他一定会很难过。

你已经三年级了，你每天都抱着布偶，布偶也很可怜哟。布偶的使命就是和主人一起玩，但玩过之后要被你遗忘才对。

妈妈以前也有过很多布偶娃娃，也和布偶娃娃一起玩过游戏，聊过天哟。我现在已经记不得那些布偶了，这就是成长啊！这并不是件坏事，也不值得伤心。

所以，你要和黑猫告别。

你要和黑猫说："我现在可以一个人了。"

你要告诉他："以后我会交更多的朋友，你放心吧。"

为什么？

与其让黑猫离开我，不如我不交朋友。

我离水面越来越远，大海深处几乎没有光线射入。

我继续深入更黑暗的地方。

我来到了小夜子内心的深渊，那里冰冷刺骨。

一个泡沫破裂，教室的幻影将我吞没。

我看到年幼的小夜子正在书桌前读书。

她咬着唇，拼命忍耐着内心的悲伤。

旁边是黑猫的身影。

我听到了小夜子内心的声音。

教室里那些打量的目光和窃窃私语的声音让我痛苦。

教室就像监狱，课程表就是监狱的铁栅栏。即便是课间
休息，我也无法得到片刻安宁。

我索性装作自己在看书。

但我没法读进去。同一行字我看了一遍又一遍，但我的脑子根本不知道它讲的是什么意思。

我总感觉周围有窃窃私语的声音。

也许根本没人在说话，也许真的有人在说话。

有人在笑话我们。

看不见的朋友什么的……

"别理她们！她们根本不值得你在意。"黑猫对小夜子说道。

小夜子听完点点头。

我向黑猫伸出手，黑猫的身影又消失了。

教室也不见了，场景变成了小夜子家的客厅。我记得那次小夜子向我请求帮助就是在那里。

一个女人坐在椅子上，认真地打量着我（其实是小夜子）。

她的神情略有丝疲惫，长得和小夜子非常相似。

她应该就是小夜子的妈妈吧。

小夜子，你好好听妈妈说。

如果你站在别人的角度上，你会怎么看待你的事？

你认真想想，大家会怎么想你？

我知道黑猫对你很重要。

但是别人或许并不知道黑猫对你的重要性，可能会认为你和一个看不见的朋友说话这种事很奇怪。

你知道吗？妈妈不想你遭遇歧视。

你想想，如果没有了黑猫，你可以交更多的好朋友。

你和班里同学的关系还可以变得更好，因为你一直是个好孩子。

你稍微换个角度想想。

呃，小夜子，妈妈是个坏妈妈。

都是妈妈的错。

因为妈妈说了不负责任的话，才让你一直没法忘记黑猫布偶。

对不起，小夜子。

因为妈妈的过错，让你有了这么痛苦的回忆……

不知什么时候，我的心和小夜子的回忆交融在一起。

我默默地承受着小夜子曾经感受到的痛苦。她面对妈妈的话、妈妈的眼泪和道歉时，胸口被撕裂，伤口处汩汩地流着血。

这既是小夜子的疼痛，也是我的疼痛。

那里面充满着悲伤、愤怒、焦躁和厌倦，但更多的是无所谓。

似乎我之前在哪里感受过这种情绪。

这是来自不被理解后的失望。

我仿佛听到了小夜子的嘟囔声。

但是，年幼的我无法用语言反驳。

只能忍耐。

脚边传来毛茸茸的触感，但我不能低头去看。

我怕看到黑猫受伤的眼睛。

"喂！"一个月光皎洁的夜晚，黑猫在窗边眺望远方时，莫名低落地说道，"我是不是不该出生？"

我没有回答黑猫。

我明明知道应该对黑猫说些什么。

我试图从幻境中苏醒，这时，小夜子的记忆开始从我的身体抽离，但小夜子感受到的疼痛依然残留在我的胸口，隐隐作痛。

脚尖回到地面，我缓缓着陆。

我眼前出现的是缀满星光的夜空，我来到了小夜子的内心深处。

白色的罂粟花绽放出热烈的花朵，薄如蝉翼的花瓣在徐风中如微波荡漾。我轻轻地往前走。

黑猫在哪里？我大声叫他，他会不会出来？

看着澄澈的夜空和漫天的星星，再看看花朵盛开的寂静山丘，我犹豫着是否要在这宁静的环境下发出声响。

我继续向前，想尽量避免践踏花朵，但很快发现真的无法避免，花茎被我踩得横七竖八，花瓣被我践踏，对此我心怀小小的罪恶感。

周围飘着一种像雾霭一样淡淡的，又像极光一样亮亮的东西。它们随风四处摇曳。这是小夜子的思想吗？

我伸手够向那缭绕的东西，又放下了手。黑猫不会在那里。刚才也是如此。我要找的不是关于黑猫的记忆，我要找的是黑猫本身。

我听到花朵在低语。

——你来啦！

——你终于来啦！

——我一直在等你！

——这里没有其他人！

——她不让任何人进来！

——这里只有他。

我又走了好一会儿，远远地看到了一片湖泊。

星空映照下的湖畔边，有一座老旧的原木小屋。

烟囱里升起袅袅炊烟，窗户里透出丝丝亮光。

——就在那里！

——他在那里等你！

我走到原木小屋的台阶前，看着眼前的玄关门，听到了里面欢快的说话声，好像是一群女生在聊天。

黑猫会在里面吗？我手握门把手打算开门。

"得先敲门吧。"

我的手停了下来。

这个声音听起来非常轻佻、欢快，又似乎是在开玩笑。

"哎，算了，我也从来没敲过别人家的门。"

嘎吱一声，门从里面打开了。

怎么说呢？屋里简单得不得了，只有熊熊燃烧的壁炉前面有两把椅子。

"我正准备搬家，大部分东西都搬走了。进来坐吧。"声音从其中一把椅子上传出。

我进了门后，门在我身后自动关上了。脚踏上木地板，我走进屋里。

黑猫正舒服地躺靠在扶手椅上，眼睛出神地望着壁炉里的火光。

"你……"

黑猫向我这边转过头，碧绿色的眼睛看着我，说道："你好，明来，初次见面——啊，我们不是初次见了。"

我想说些什么，但又找不到合适的词。

看我呆呆地立着，黑猫让我落座："你先坐吧，我有话想和你说。"

我在另一把椅子上坐下。黑猫坐起身，伸伸懒腰，然后正襟危坐。壁炉里的火越烧越旺，从里面传出几个女生打闹说笑的声音。

我定睛细看火焰，火光里出现了教室里的场景。

我和优歌，还有小巴一起围着小夜子，我们正欢快地聊着天。小夜子的表情不再冷漠，她正温柔地笑着，带着一脸满足的表情。

"这是她现在正在做的梦。很幸福吧。"黑猫眯缝着眼说道。

"你为什么要离开小夜子？"我问道。

咲人哥的那个问题一直在我的脑子里打转。

——那他究竟在想些什么？他为什么会消失呢？我觉得你应该好好替小夜子想想这些问题。

是啊，我必须找到答案。

不，是我想知道答案，是我自己想知道。

我想知道黑猫的心情。

短暂的沉默过后，黑猫嘟囔了一句："说实话，我觉得累了。"

这个答案，我始料未及："你累了？"

"是啊，我觉得和她在一起太累了。"

"为……为什么啊？小夜子把你当作最亲的人。"

黑猫懒洋洋地看着我，说道："这我知道。我也把她当作最亲的人。"

"那为什么——"

黑猫压下我厉声质问的话说道："就因为这样，我要累死了！她太依赖我了，只要有我在就觉得满足，总是一个人独来独往，我看到她这样，我就很内疚。"

"但是……但你……"

"她没有朋友，这都怪我。"黑猫淡淡地说道，"你看现在没了我，她和你成了好朋友。一直以来都是我在束缚着她，让她一直孤独地禁锢着自己。"

"所以你才选择离开？"

"是的。其实我一直在观察你，然后我确定了一件事，那就是你可以打开小夜子的心，和她成为朋友，今后你们可以一起成长。你会像我一直以来做的那样，支持她，陪伴她，而且会比我做得还要好。"

我的内心很复杂。虽然我很开心能得到黑猫的认可，但我又不能完全认同他所说的。

"我确实把小夜子当作朋友，我可以为小夜子做任何事。小夜子也多少把我当作朋友来看。但不能因为这样，你就觉得小夜子不需要你了。她肯定不会这样想。"

"有时候人们所认为的不一定就是对她好的。"黑猫谆谆地说道，"也许她还需要我，但是她还要对我这个破布偶执着到什么时候？"

"你怎么能说自己是'破布偶'？"我严厉地说道，"你这是在践踏小夜子的一片真心。"

黑猫没再开口。我继续说道："和我一起回去吧。你是最理解小夜子的人，是小夜子最亲的亲人。小夜子根本没想过和你分开。"

"她只是现在没想过。"

"那你就现在还陪着她不就行了！"

"你还是没懂。我刚才说了，我觉得和她在一起太累了。成为她最重要的依靠这件事已经成了我的负担。因为我什么都没法为她做，我就像她的累赘一样，我不想成为她人生路上的绊脚石。"

"你敢当面和小夜子这么说吗？"

黑猫沉默不语。

"还有，小夜子这样说过吗？说你是累赘，绊脚石之类的，说你什么都没法为她做？"

"她没说过，但她什么都懂。"

"那你打算怎么做？以后再也不出现在她面前了？如果你这么做了，那你就真的是个傻瓜。"

"傻不傻，我不知道，但我就是这么打算的。我打算离开这里，去一个很远的地方，一个远到小夜子可以将我遗忘的地方。"

"你这是什么意思？"我不可思议地问道，"将你遗忘？你连小夜子对你的回忆都要剥夺吗？"

"这样她就不会有烦恼了。"

我从椅子上站起来，走到黑猫面前。壁炉里的火光遮住我的影子。黑猫的脸上带着一副"这人怎么这么难缠"的表情抬头看着我。

"开什么玩笑!"

"你别太认真了。"黑猫说道,"我问你,你小时候应该有过特别珍惜的东西吧,你现在还能想起几个?我没有责怪你的意思,但成长就是这样,我们每一秒都在遗忘,无论多珍惜的东西都会遗忘。这是自然规律。"

"即便这样……"

"但那并不等于失去。即便小夜子遗忘了,过去并没有消失。她遗忘了我和她度过的时光,但发生的事却不会改变。所以,你别担心。"

"我要带你回去,哪怕拽也要把你拽回去。我答应过小夜子要把你带回去。"

"做不到的事情不要轻易许诺哟。"黑猫笑了笑,然后严肃地说道,"明来,你能在这里本身就是一个奇迹。"

"为什么?"

"因为她向你打开了心扉,所以你才能来到这里。至今为止,一直拒人于千里之外的小夜子接受了你的存在。"

噼噼啪啪地燃烧着的壁火渐渐变小,然后熄灭了。

房间顿时陷入黑暗。黑猫的声音继续传来:"布偶的使命就是陪主人一起玩,直到被主人厌弃。一切回忆都只能在梦中相遇,留下的只是没用的垃圾而已。"

然后，我的脚被毛茸茸的东西蹭了蹭。

"小夜子就拜托你了。"

"你……"

黑猫的身影消失在黑暗中。

"黑猫！你在哪里！"

吱——传来了一声响声！微弱的光射了进来。

门开了，月光照进整个房间。

椅子上黑猫的身影不见了。我赶忙跑出小屋。

扑通一声。

倒映着星空的水面泛起层层涟漪。

"黑猫！"

不会吧……

我走到小屋旁边延伸出来的码头上，看着湖面。

湖面波光粼粼，月光温柔荡漾。

我想起了黑猫的话。

——我打算离开这里，去一个很远的地方，一个远到小夜子可以将我遗忘的地方。

"不会吧……"

这时，钟声响了。

这是在宣告黎明将至。

繁星静静地隐退，朝霞映红了天空。山丘对面，火红的太阳出来了，白色的罂粟花圃沐浴在晨光中。强风渐起，飘落的花瓣乘着强风在晨光中漫天飞舞。

轰隆一声，地动山摇。

地面出现了裂痕，山丘一点点地碎裂，然后被天空吞噬。

我知道这是梦境马上要崩塌了。

小夜子马上要苏醒了。

嘀嘀、嘀嘀、嘀嘀。

正在半梦半醒间徘徊的我，被闹钟惊醒。

我把被子蒙到头上，试图阻挡闹钟冷冰冰的电子音。

让我再睡一会儿！老爸和老妈上班去了，没人会说我！

我钻进被窝，蒙住耳朵，打算睡个回笼觉。

嘀嘀、嘀嘀、嘀嘀。

吵死了！真是没完没了！我要再睡会儿，继续做那个模模糊糊、似乎很美的梦，像贝壳躺在碧绿的清澈湖底，安静地睡着……

像蝴蝶扑闪着碧绿色的翅膀，飞过白色的罂粟花圃……

○

在我张皇失措间，湖水从边上开始一点点地变成成群的蝴蝶。随着蝴蝶一个个扑扇着碧绿色的翅膀飞向天空，湖面越来越小。如果要继续追黑猫，我现在就得马上跳下去。

现在梦境马上就要崩塌，我再继续潜入深处，就不能保证能顺利返回了。直觉告诉我这会很危险，别说将黑猫带回去，可能我自己都不一定能回去。

但是……

蝴蝶离我越来越近，湖水在一点点地消失。

碧绿色的湖光、白色的花瓣、晃动的晨光……

如果这就是通往黑猫内心的入口——

我纵身跳入冰冷的湖水中。

☾

嘀嘀、嘀嘀、嘀嘀。

真是太烦了，我伸出手关了闹钟。响声停止了。

我迷迷糊糊地钻出被窝，在榻榻米上使劲伸了个懒腰，懒洋洋地打了个哈欠。我揉了揉惺忪的睡眼。

咦，这是哪里？好像不是我的卧室。

○

我跳入湖里之后，入口就消失了。湖水澄净碧绿，但也很重。

我拼命地往深处游啊游。

下面好像有一块黑色的东西，是破旧的黑猫布偶。碧绿色纽扣做的眼睛闪闪地发着光，就像盛满了眼泪一般。

马上就够到了……马上就够到了……

我用力伸出手。

还是没够到。

不行。黑猫，你不能走。

我不要这样！

那……那时候也是如此。

☾

然后，我看到了睡在我旁边的三桥。她瘫倒在被子上，都没好好地盖着被子。

我慢慢想了起来。

好像昨天是在天海家过的夜。

咦，天海呢？

我环顾房间（房间真的很大），发现天海正在房间的角落里呼呼大睡。她的睡相也没那么差啊，她是怎么从被窝跑到那么远的角落的？难道是滚来滚去滚到那里的？

我轻手轻脚地走近，没想到天海一下子就睁开了眼。

"明来！"她突然大喊，吓了我一跳。

天海跳起身，慌里慌张地四下张望。然后我俩四目相对。

"早上好，天海。"

天海不仅没有回我，看到我之后还瞪大双眼，好像看到了什么意想不到的东西。好没礼貌啊。

在我开口问她怎么回事之前，天海已经走到三桥的旁边。

"明来！明来！你醒醒！"

○

我的脑海里浮现出的是妈妈哭泣的模样。

爸爸和妈妈，非常自然地离婚了。

他们从没吵过架，他们的感情就像一锅沸腾的水自然冷却了一样。

我知道爸爸和妈妈的想法出现了分歧。

妈妈说让我不要担心她：

"明来，这是我们之间的问题，不是你该操心的事。"

说得简单！我们是母女俩啊。

但我还是点点头。

我劝自己说，这种事我不该多嘴。

现在爸爸在国外生活。

妈妈曾说过，这个结果对他俩来说是最好的结果。

她说谎！

爸爸不在以后，妈妈一直都在哭。

其实她是想和爸爸在一起的。

但她为了不成为爸爸的负担，故作坚强。

黑猫。

你和我妈可真像。

想和对方在一起就在一起啊。

说什么为了对方好，却辜负了自己的真心。

傻不傻。

黑猫，你好幸福啊。

因为小夜子还爱着你。

两个人还彼此思念着对方。

黑猫，如果你还想回来的话，这是最后的机会了。

我终于摸到了黑猫布偶。

☽

天海摇晃着三桥的身体，叫了好几次她的名字。

但三桥还是没有醒过来。我也开始觉得有点儿不对劲了。发生什么事了？天海这么呼叫三桥，三桥却连一丝醒来的迹象都没有。

"小夜！"天海叫我，"小夜！你快握住明来的手。"

"为什么？发生了什么？"

"明来说过，在她潜入你内心期间，你俩的身体若是分开了，她可能会回不来！"

我大吃一惊："回不来……"

"所以，她说如果小夜你醒了，她还没有醒，就让你抓住她的手，呼叫她的名字'明来'。"

三桥竟然冒着这样的风险……

我握住三桥的手，把她的手贴在我的脸颊上，用颤抖的声音说道："明来！你快回来，我不能再一次失去朋友了！"

我的鼻子发酸。我的胸口涌起一股热流，嗓子眼里感觉有什么东西在燃烧。

可是明来还是一动不动，我强抑着抽抽搭搭的哭声大声喊道：

"别离开我！"

突然，我的视野里满是碧绿色的清澈湖水。

我看到明来伸手摸到一个沉入水底的黑色东西。

黑色的料子磨损得很严重，缝合处还开了线，还有两个碧绿色的扣子！

我的胸口处涌起满满的思念，眼睛里涌出滚烫的泪水。

明来！你真的帮我找到了。

○

摸到黑猫布偶的我，恍惚间来到了小夜子的家。小夜子的妈妈正坐在椅子上默默地哭着，因为自己说的那些话让女儿在班里受了欺负，没法交到朋友，她正懊悔地流泪。

啊，我还看到了小夜子。我看到了那个因为父母和同学的不理解而苦恼自责的小姑娘；我看到了唯一的朋友不被任何人接纳的小姑娘；我看到了无奈地选择远离世人，封闭内心的小姑娘。

不对，那不是小夜子，是黑猫。

月光下的窗边，黑猫正仰望夜空。

他应该哭了很久。

虽然他没有流泪，没有出声，但他的心里在默默地流着血泪吧。

在那个亮光消失后的黑暗的小屋里，最后黑猫用身体蹭了蹭我的脚。

那个瞬间。

我看到了他的心。

那颗心已经伤痕累累。

"喂。"黑猫问，"我是不是不该出生？"

我不知道说什么。

我想说不是这样的，但我知道我说得轻巧，却不能真正地安慰到对方。

他在小夜子的面前故作平静。

仿佛什么都不关心，仿佛什么都不在乎。

一直以来。

都是如此。

他也在思考吧。

他也在内心煎熬吧。

然后，他不停地在受伤。

也许我的话无法传达给黑猫。

也许我的话并不是黑猫想要听的。

但是……

我还是慢慢地走近窗边。

我的胸口处被某种东西胀满，我似乎被它支配着。

我伸出双手，抱住黑猫。

脸颊贴着他的黑毛，感受着他的触感。

长长的麻花辫和长长的尾巴尖挨在一起。

嘴里不由我控制地说出了来自某人的话。

☽

然后，我说话了。

我把那个时候没能说出口的话，那个时候想要传达的想法说了出来：

"傻瓜，不是那样的。"

我察觉到怀抱里的黑猫很吃惊。

"你怎么还在那么想，我不是说过吗，你是我的一部分。你要知道，你对我来说有多么重要，这个你一定要知道。"

○

这是小夜子的声音。

现在抱着黑猫的已经不是我，而是黑猫的亲人小夜子。

我的意识和小夜子的想法相通了。

小夜子紧紧地抱着黑猫，颤抖地继续说着。

☾

"你不在的这段日子，发生了很多事。我交了新朋友。我听你的话，和明来成了好朋友，虽然我之前最讨厌的就是她了。"我吸吸鼻子继续说道，"还有，我和优歌也和好了，就是二年级的时候和我一起画画的那个女孩，她还画过你的画像呢。你还记得吗？那时候因为她，我被人霸凌，不过现在已经无所谓了。"

黑猫说道："这不是很好嘛。小夜子，你可以的。即便我不在你身边，你也可以做得很好。"

"是啊，我可以的，那你也可以回来了。"我在窗边把黑猫放下，"我以后不会再只依赖你一个人，我再也不会说只要有你在其他人有没有都无所谓那种话了，我不会再让你觉得因为你我才那么孤单。我以后会过得更开心。我有明来和优歌做朋友，以后或许还会有更多的朋友。如果我想要的话，我的世界可以更宽阔。"

〇

小夜子温柔地摸着黑猫的耳朵："你要是也在我身边，我会很开心。"

黑猫好像看到了什么耀眼的东西，眯缝着碧绿色的眼睛。

"谢谢。"黑猫说完，微微一笑。

他用充满平静祥和、怜爱疼惜的眼神看着小夜子笑了。

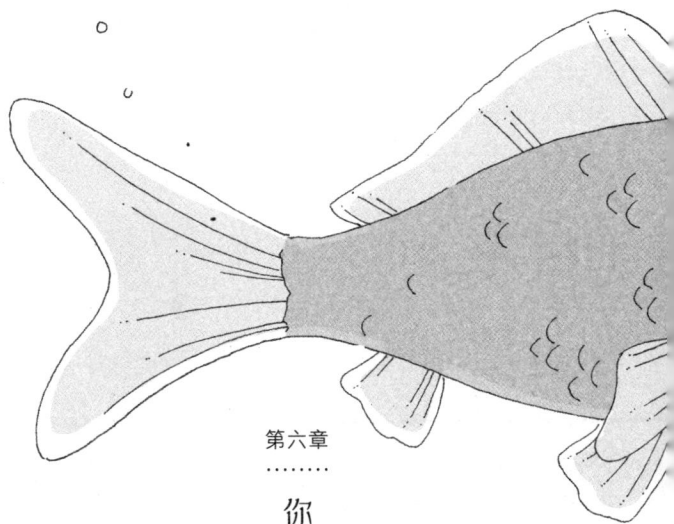

第六章
....

你不再是一个人

马上就要放寒假了。

窗外细雪纷纷，雪花飘落在操场上，留下小小的痕迹，然后又静悄悄地消失了。好几年没下雪了，今年的这场雪落在地上依然积不起来。而且，今天学校的氛围也与往常不同，让人心神不安。

我照常坐在座位上看书。

距离那天在外过夜时借助明来的力量在梦中与黑猫沟通之后，已经过去了一个月。

黑猫还是没有回来。

但我相信，这只是暂时的。

我想对黑猫说的已经说了，接下来就看黑猫怎么想了。

无论他的答案是哪种，作为他的亲人，我都会尊重他的选择。

我相信我可以做到。

"小夜！小夜！"优歌气喘吁吁地跑到我的书桌前，"派对！圣诞派对！我们搞个圣诞派对怎么样？"

"你可真爱搞派对。"我把书合上，放进书桌的抽屉里。

"咱们把班里能叫的同学都叫上，大家还可以交换礼物！到时候肯定有意思。"

"嗯，如果仓木去的话，我可能要再考虑考虑。"相泽巴故意这么说，然后刁难地看着我。

我对她的话嗤之以鼻。

"小巴！你怎么能这么说，你们俩必须好好相处。这可是过圣诞。"

"你的意思是，不是圣诞就可以吵架？"我反问道。

优歌摇摇头："当然是不吵架最好了……但是好像有句话怎么说来着？关系是越吵越好。"

"谁和她关系好了？"相泽巴叹了口气说道。

我一副受伤的表情。

"哦，你们关系不好啊？"优歌戏谑地说道。

"不……不是，我不是这个意思……"相泽巴结结巴巴地不知道该怎么说，"不对，仓木，你今天的感觉不太对劲啊？"

"我也觉得我们的关系不好。"

"你看，你看，这家伙居然生气了。"小巴一边说着，一边露出了笑容。

我也不由得笑了。

"咦，明来呢？仓木，她不是和你一起来的吗?"小巴环顾教室后说道。

优歌回答道："我刚才在走廊看到明来了，她好像去手工室了。"

○

手工室里依然一片寂静，里面有一股木屑和颜料的味道。我把手插入衣服的口袋，抬头看向蒙娜丽莎的画像。蒙娜丽莎长得真的很奇怪啊，她应该是在微笑吧？可她没有眉毛，还有她的手为什么要那样摆放?

美咲还没有来。

我坐到椅子上，不由得想起了美咲的哥哥咲人哥对我说过的话。

他让我思考黑猫是怎么想的。

咲人哥为什么能想到这个问题？这个关键的问题，他是怎么想到的？这种洞察力让人叹为观止。不愧是美咲的哥哥。是不是就是因为他太过感性，太过敏锐，才会受那么多次伤？所以最后他选择离开学校，将自己关在家里。

不对，我不能自己随意猜想。

就像美咲说的那样，我对咲人哥完全不了解，不能自己想当然地胡编乱造，自以为人家就是那个样子。

这样不好。而且，关键的是咲人哥是怎么想的。

咲人哥自己是出于什么考虑才决定这样做的。

突然传来了开门的声音。

我望向门口，看见穿着驼色对襟毛衣配着短裙的美咲大步走了进来，袖口处隐约可见的手指白净细嫩，淡粉色的唇角露出轻柔的微笑。

"抱歉，让你久等了。"

"没关系，你找我什么事？"

"向你道谢。"美咲直直地看着我说道，她眼睛里的光芒亮亮的，"自从你和我哥通过电话之后，他就改变了。"

"改变了？"

"他开始和我说他的想法了，虽然说得不多。"美咲垂下眼帘，浓密的睫毛在她的脸上投下了阴影，"然后，我也把我的想法，我的烦恼，我的那些深藏内心的话和他说了，哥哥他静静地听我说了很多。"

我微微点头："我也想向你，还有咲人哥道谢。"

"仓木的那件事？解决了吗？"

我笑了笑："还差一点儿，不过差不多了。"

"是吗？"

美咲犹豫片刻后，接着问我：

"明来，仓木对你来说意味着什么？"

这真是一个好难回答的问题。

我的身体晃来晃去，思考该怎么回答。

椅子发出了叽里咣当的声音。

"怎么说呢？是恩人吧。"

"恩人？"美咲露出一脸不可思议的表情，"难道不是你是她的恩人吗？"

"嗯，也许在别人看来是我帮助了小夜子，其实是她帮了我。"

我从椅子上站起来，看向窗外。

天空中，正在降雪的云彩层层叠叠，白得发亮。

"是我得到了救赎。我想拯救的不是小夜子和她的朋友，而是那天的我。"

没错。

在我追黑猫的时候，在我跳入湖里的时候，我意识到了。

我其实是想和爸爸妈妈在一起的。

但那已经不可能了。

正因为如此，我不能看着就要永别的一人和一猫而置之不理。

"我没太懂，但明来你没有遗憾就好。"美咲说着，调皮地笑了笑，"我也不会输的。"

"不会输什么啊?"我疑惑地问道。

美咲却开心地说道："秘密。"

我觉得这个时候的美咲比她以往任何时候都要漂亮。

我不知道为什么。

就这样不知道也挺好的。

现在去窥探对方的内心未免太不知趣。

☽

放学后，我在鞋柜旁将鞋换成乐福鞋。发现自己习惯性地四处寻找黑猫的动作之后，我不由得轻笑一声，然后把脸埋进鼓鼓囊囊的深红色围巾里，戴上同色系的手套。

校门口，明来她们正向我挥着手。"我现在就过去。"我大声地说道，然后准备跑过去找她们。这时，背后突然有人和我说话。

"仓木？"

我回头一看，樱井站在我身后。

很稀奇的是，她竟然独自一人。可能是没有那些追随者的缘故吧，感觉她今天有点儿不一样。表情一点儿都不从容镇定，看起来很紧张。怎么回事呢？

"你怎么了？"我开口问道。

樱井迟疑片刻后，突然握紧拳头，说道："仓木，你之前读的那本书……"

她说的是哪本书？

"就是那本《魔法使用之琶音》，我那天看了封面觉得很有趣，你能借我读一下吗？"

樱井的脸颊有些微微泛红。

"可以啊。"

"真的吗？"樱井似乎松了口气，肩膀一下子松了下来。

"但那本是图书馆的书。"

"啊，那……那是哪个图书馆的？"樱井慌慌张张地问道。

"中央图书馆。不过市内的哪个图书馆应该都可以借到吧。"

"哦，好吧，谢谢你，我去找找看。"樱井像掩饰什么似的笑了笑，然后与我擦肩而过。

我看着她的背影似乎带有某种失落的感觉，丝毫没有往日那种张扬的感觉。

我不由得出声说道："喂！"

樱井回头："怎么了？"

我也很疑惑我自己，但我用力地竖起大拇指对她笑了笑。

我这是在模仿我的朋友明来。

她可是个非常会交朋友的人。

"下次你和我一起去图书馆吧。"我朝樱井说道。

看到我的手势，樱井震惊得瞪圆了眼睛。

她突然变得非常不好意思。

我这是在干什么，突然做些自己从来不做的事情，果然还是不适合自己……

我正懊悔不已，樱井却突然说道："好啊！我很期待！"

说完，她迈着欢快的步伐回头走了。

她的头发随风飘起，散发着香甜的气味。

她用的洗发水的气味真不错。

"仓木，刚才你在和谁说话？"

"看你们说得很开心的样子。"

在校门口等我的小巴和优歌问我。

"没什么，在聊之前看的书。"

"哦哦，什么书啊？你也和我说说嘛。"

明来这么一问，我不由得笑着说："明来，你不是从来不看书的吗？"

"不好意思，我也是会看书的，多的时候一年我会看两次书。"

就这样，我们在放学的路上边聊边走。

以前一人一猫的道路上如今一行四人。

路上充满欢声笑语，但也不是不寂寞。

"对了，圣诞夜的事……"优歌一如既往地慢吞吞地说道，"二十五号对吧，咱们在我家交换礼物吧，再玩玩抽牌游戏！好好庆祝圣诞节。"

"圣诞节还玩抽牌游戏啊……"明来一脸复杂地嘟囔道。

"对啊，抽牌圣诞节！"

"抽牌游戏里的和尚不是佛教教徒吗？"小巴冷静地吐槽道。

"关于这件事——"我刚要回答，明来打断了我，她摇摇头问道："什么什么？和尚的事吗？和尚真的不是佛教教徒？"

"不是，欸，不是不是，我不是说和尚这件事，和尚是佛教教徒。"

别打岔好不好。

我接着说道："二十五号那天我有约了。"

"啊？"优歌噘起嘴。

我继续说道："那天是我生日。"

她们三个人面面相觑。

"啊！真的吗！小夜子不是和尚，是耶稣啊。"

"不是耶稣，也不是和尚。"小巴吐槽完，接着说，"那我们就圣诞加生日派对怎么样？好好庆祝一下。这是个多么难得的机会。"

"对啊对啊！一定要好好庆祝，玩抽牌游戏庆祝。"

我轻声笑了笑，说道："抱歉，我已经有约了。"

明来一脸严肃地问我："是和爸爸妈妈吗？"

我点点头："对，和我爸妈。他们难得在家，我和他们这么长时间以来隔阂太深，我想试着和他们多聊聊。"

是啊。

我想试着面对父母。

把自己的想法说给父母听。

就像借助明来的力量在梦中对黑猫倾诉一样。

"很好哟。"

不知为何明来一脸称赞的表情，也许是她体察到了我的心情的缘故吧。

"那咱们就把派对安排在平安夜，这样小夜子也能来参加。咱们就庆祝圣诞夜和小夜子十一岁的最后一天。"

"我投一票！"小巴举手。

接着明来也举双手同意："加我两票！"

"为什么你有两票投票权？"我苦笑道，"多数赞成，那我否决。"

"不允许否决！"小巴反对道。

我和小巴一唱一和。

明来咯咯大笑。

○

优歌和小巴在公园的拐角处和我们分别，剩我和小夜子两个人同行。下了一上午的雪这时也停了，布满云彩的天空白茫茫的，我哼着歌，而身旁的小夜子仿若陷入沉思，正静静地望着远方。

我不用碰都能知道，她肯定是在想黑猫。

我该怎么办，说不说呢？

我还有一件事瞒着小夜子。

"明来。"小夜子忽然开口道。

"嗯？怎么了？"

小夜子好似在做梦一样，用恍惚的口吻对我说："你不会有什么事瞒着我吧？"

我不由得停下脚步，看向小夜子。这个直觉也未免太准了吧。

莫非……

"你为什么这么问？"

"也没什么，就是有这种感觉。如果我说错了我先说对不起。"

"你有这种感觉？"

在我的追问后，小夜子似乎也在思考要怎么和我说。

"怎么说呢？我也不明白怎么回事……最近我发现，有时候，在你想说什么之前，我好像就知道你想说什么了。"

"哦，心有灵犀。"我开玩笑道。

小夜子轻轻地拍了拍我的肩膀，说道："别开玩笑，我可是在认真地和你说呢。"

"抱歉。"

果然，小夜子也能看到我的内心了。

怎么说呢？我的心情既开心又有点儿害怕。

一直以来我都是看到的那一方，正因为如此，我会担心小夜子，毕竟看到别人内心这种事并不总是充满开心的。

在梦中，我面对黑猫的时候。

小夜子的想法从我的内心深处溢出，充满我的整个内心。那个瞬间，我就是小夜子，小夜子就是我。我和她之间不再有明确的界限，我们俩的想法融为一体，我们成了一个人。

那种感觉至今残留在身体里。小夜子的想法和我的想法似乎以一种不可思议的形式连接在一起。不用碰触，我就能知道小夜子的想法，小夜子似乎也是如此。

无法分清彼此的界限，报应却是可以潜入他人的内心？

哈哈，也很有趣嘛。

而且，这也不能说是报应，这也并不是件坏事。

这是一种无法割舍的羁绊。

这么说来，感觉还不错吧。

"唉，也可能是我的错觉，我总感觉自己似乎也能够窥探别人的想法了，可我又不是你。"

"哈哈，是吗？你要是将我取而代之了，我就惨了，那可是我的特征。"

我这么回答小夜子，她听后耸耸肩。

然后，她说了我从来没有想过的事情："能够窥探别人的想法并不是你的特征，能够珍惜别人的想法才是你的特征。"

我一瞬间愣住了。

这句话落入我的内心深处，在我的心之海上裹了一层朝霞的光芒。

是这样吗？

原来小夜子是这样看我的啊。

"你要哭了？"小夜子盯着我的脸，一副自己说错话的表情。

"怎么可能？我心情挺好的啊。"

起风了。

小夜子眯起眼睛，脸蛋埋在深红色的围巾里。

我的头发被风吹起，彩色的串珠碰撞出声响。

我们俩明天也要一起放学回家啊。

后天也要，大后天也要。

这岂不是件非常开心的事情？

所以……

"所以，你差不多也该回到小夜子的身边了。"

正用前爪拍鱼缸，向大家伙伸出前爪抓来抓去的黑猫回答道："我早上不是说过了，事到如今，我该以何种面目回去面对小夜子？"

大家伙一脸疑惑。它的身体太过巨大，无法转动身体，不得不与黑猫面对面。

"你要再欺负我家大家伙，我就把你赖在我家的事情告诉小夜子。"

"我可没欺负它。我就是觉得有点儿可惜，所以和它说说话。"

"你什么意思？"

"大家伙它总吃金枪鱼肉吃腻了，以后让我来喂它吧。"

"不要！"

放学回家后，我和黑猫一起回到我的房间。

从外出过夜那晚之后，不知道为什么，黑猫就一直待在我家。和我心灵相通的时候，我的一部分能力好像转移给了他，他好像也能看到很多人的想法了。

前段时间，他潜入了一个不知哪里的老爷爷的梦里，和人家下将棋*。

"哎，这样我就可以接触各种不同的想法，也是一种学习嘛。"黑猫自以为是地说道。

✦ 将棋：日本象棋。将棋的棋盘是由纵横各为九格的八十一个长方格组成的长方形盘。整个棋盘横向分为自阵、中央、敌阵三部分。靠近自己的三行是自阵，远离自己而靠近对手的那三行是敌阵。

"你别狡辩了，你是不是拖着不想回到小夜子身边？"

"人家有点儿不好意思嘛。"

"我不是说过了，小夜子不会在意的。还有，她家今天的晚饭好像是奶油炖菜哟。"

"啊——妈妈做的奶油炖菜很美味呢！明来，你能不能去帮我要一点儿回来？"

"自己去！"

我和黑猫就这样每天争吵不休。尤其是每天早上，我都对他说让他和我一起去学校见小夜子，而他每次都固执地不听我说话。

顽固死了，和某人很像。

黑猫跳到我的书桌上，摇着尾巴，说道："哎，说实话，时机到了我就回去。我知道我回去了小夜子会很开心，会很感恩。所以，过段日子，我会回去的。"

"你昨天也是这么说的，说过段日子就回去。你这样拖拖拉拉的，说不准小夜子到时候养新猫了。"

"你说这种话心里不难过吗？多么讽刺啊。"

我沉默不语。

是啊，听说爸爸和另外一个女人结婚了，组建了新的家庭，好像过得很幸福。

好滑头啊，妈妈现在还是一个人。

黑猫看我这样，用后爪挠了挠耳朵，说道："你妈妈没那么在意你爸爸的事情。"

"怎么会，只是假装而已。"

"不，不，你妈简直是在歌颂人生，主要是她对你抱有极大的信赖，这种坚定的信念让人惊叹。她和小夜子的妈妈完全是相反的类型。"

"你在外人面前这样滔滔不绝地说着其他人内心的想法，简直是个噗噗。"我责备完黑猫，坐回到椅子上。

"噗噗，到底是什么意思啊？"黑猫疑惑道。

"其实我也不太明白。唉，我妈看起来很脆弱，所以我总是想保护她。"

黑猫听了，沉默了片刻，突然没头没尾地说了一句："作为半个流浪的幻想朋友，稍微有点儿顺从性就惨了。"

"什么啊？你说得太复杂了，完全不懂你什么意思。"

"知道了。简单来说，就是我随意泄露别人的秘密，是个噗噗。"

"啊？"

"你妈妈最近好像交男朋友了。"

"啊！！"我惊得站起身来喊道，手又慌乱地捂住嘴巴。

不，不，什么啊？怎么回事？妈妈最近偷偷地交了男朋友？干得好！不对不对。嗯？

嗯？嗯？

黑猫看我的眼珠转来转去，继续说道："那时我跳进湖里，你多管闲事地追来，当你抓住我的前爪的时候，我也看到了你的想法和你的心情。"

我顿时语塞。

黑猫接着说道："你很后悔，明明知道妈妈的想法却没能帮助她，你很自责，自责自己如果当时能做点儿什么就好了。"

碧绿色的眼睛中映照出的是女孩惊愕的神情。虚假的面具被揭下，露出的表情仿若……

"从来没有人怪你，只是你在怪你自己。你在不停地责怪自己，伤害自己。最近是不是也有这样一只猫？"黑猫笑着说。他的口吻虽然生硬，但我知道这是对我的一种温柔。

宛如轻抚后背的那双手，又如拥住颤抖肩膀的那双手臂。

"你妈妈已经振作起来了，她已经和过去告别，在往前走了……所以，我们也要往前走。"

不知何时，泪水模糊了我的双眼，眼泪不停地从脸颊滑落，最后滴落到榻榻米上。我大声地将以往从不曾对人说过的感受说了出来："我，什么都没能做。即便我拥有这种能力，却什么都没能做……"

我好懊恼，我太无情，我觉得很羞耻。

我明明可以做些什么，可我却装作什么都没看到，无动于衷。

黑猫直直地看着我，认真地对我说道："这次，你做了。"

"啊?"

"你这次拯救了我的小夜子。你因为这种不可思议的能力得以看到我的存在，察觉到了小夜子的痛苦，然后你帮了我们。你没有无动于衷。明来，你比你想得要善良很多。因为——"

黑猫接下来说的话我似乎在哪里听到过。

"你是个能够珍惜别人想法的人。"

我的脑海中浮现出了小夜子耸肩时的侧脸。

我的胸口一紧，心之海上映照的朝霞愈发绚丽夺目。

我用袖子抹抹脸，朝向黑猫的方向破涕而笑。

这次不是演戏，是我发自内心的笑容。我对这个新朋友说道："谢谢你，黑猫。"

黑猫什么话都没说，只是摇摇尾巴。

我已经习惯了一个人吃晚饭。

抱歉，我说谎了。

我其实还没习惯。

即便爸爸和妈妈不在，只要黑猫在我身边，我就觉得自己不是孤单一人。

他会在椅子下面一边津津有味地吃着饭，一边和我抱怨这个抱怨那个。

只要有他在，我就觉得自己得到了救赎。

但是，日子不会一直那样下去，一个人也得吃晚饭啊。

我承诺过了。我不能只依赖黑猫了。我不能再说什么没了他我什么都做不了的话了，我不能再给他增加负担了。

现在我的身边有很多人。虽然现在的房间里只有我一个人，但我的心里并不孤单。

我要变得坚强，我不再是孤单一人，一个人也要勇敢地前行。

即便以后我会有很多朋友，即便我会和他们一起走向更远的未来，我心里有一个角落永远属于你。

我把妈妈做好的奶油炖菜加热好，用汤勺盛到碗里。

碗里热气腾腾，散发着奶香味。

我把盘子和勺子摆好，把盛放炖菜的碗放好，双手合十。

"我开动了。"

我拿起勺子准备舀汤，举起的手停了下来。我把勺子放下，并没有回头，却开口说道："你真慢，该吃饭了。"

我想装作若无其事的样子，但是没能做到。

我的声音颤抖了。

身后有东西在地板上走动。虽然听不到任何声音。

"小夜——"

"我知道你想说什么。"我打断了他接下来的话。

"奶油炖菜，有你的份哟。"我强忍着泪水，俏皮地说道。

气氛瞬间轻松了好多。

他低声嘟囔道："很抱歉，这么长时间，留下你一个人面对，因为我有些事情需要整理一下。"

"嗯，在我收拾碗筷之前你能回来，我很开心。"我这么说着，向我脚边的黑猫露出了微笑。

两只绿宝石似的眼睛也望向我，那一身乌黑的毛发应该被他舔了很多遍，所以才会这么漂亮。

我抱起黑猫，放到膝盖上。

"我回来了。"呼噜噜的声音从他的喉咙里发出。

"你回来了。"

一人一猫的房间里，回声荡漾。

Anoko No Himitsu (The Secret Cat)

Copyright©Froebel-kan & Kashiwai 2019

The original author is MURAKAMI Masafumi

First Published in Japan in 2019 by Froebel-kan Co., Ltd.

Simplified Chinese language rights arranged with Froebel-kan Co., Ltd.,

Tokyo, through Pace Agency Ltd.

All rights reserved.

著作权合同登记号：图字18-2021-005

图书在版编目（CIP）数据

小夜子的秘密 /（日）村上雅郁著；（日）柏井绘；

韩丽红译 . -- 长沙：湖南文艺出版社，2021.4（2023.3重印）

ISBN 978-7-5726-0068-5

Ⅰ . ①小… Ⅱ . ①村… ②柏… ③韩… Ⅲ . ①儿童小说－长篇小说－日本－现代 Ⅳ . ① I313.84

中国版本图书馆 CIP 数据核字（2021）第 027874 号

上架建议：畅销·儿童文学

XIAOYEZI DE MIMI

小夜子的秘密

作　　者：[日]村上雅郁
绘　　者：[日]柏井
译　　者：韩丽红
出 版 人：陈新文
责任编辑：匡杨乐
监　　制：小博集
策划编辑：文赛峰
特约编辑：李孟思
营销编辑：付　佳　付聪颖
版权支持：金　哲
封面设计：霍雨佳
版式设计：霍雨佳
版式排版：金锋工作室
出　　版：湖南文艺出版社
　　　　　（长沙市雨花区东二环一段508号　邮编：410014）
网　　址：www.hnwy.net
印　　刷：三河市中晟雅豪印务有限公司
经　　销：新华书店
开　　本：875 mm×1230 mm　1/32
字　　数：137 千字
印　　张：7.375
版　　次：2021 年 4 月第 1 版
印　　次：2023 年 3 月第 2 次印刷
书　　号：ISBN 978-7-5726-0068-5
定　　价：32.00 元

若有质量问题，请致电质量监督电话：010-59096394

团购电话：010-59320018

只要你没有忘记他，他会一直陪着你。

成长就是这样，我们每一秒都在遗忘，

无论多珍惜的东西都会遗忘。